衣冠南渡

溫任平詩集

序一：北渡與南歸的二律背反

上饒師範學院副教授／劉正偉

《衣冠南渡》是馬華詩人溫任平最新詩集，收集自2018年5月4日〈百年五四〉到2020年3月20日〈下載〉共170首近兩年的現代詩創作。計分〈玄奘烤餅〉、〈華山七十二峰〉、〈村上春樹與卡夫卡〉、〈染髮進城〉、〈從這雪到哪雪〉、〈靜觀雪崩〉六輯。詩集附注創作日期，以時間排序的作法非常好，讓讀者可以隨著作者步伐流動的歷史足跡，按圖索驥，一窺時間經過的究竟，以及中華文化血液的流淌、馬來西亞本土現實的衝擊、西洋文學底蘊的激盪，即理想與現實的交煎、原鄉與故鄉的拉扯、文明與在地的衝突的二律背反，這三種文化與文明的尖銳矛盾衝突與夾擊在他身上交織著複雜糾結的情境與衝擊，以及他在詩與文學中尋求心靈的安頓與解脫。

「衣冠」讀音yī guān，是一個漢語辭彙，本義指衣服和帽子，引申義士人、縉紳、名門世族。《管子．形勢》：「言辭信，動作莊，衣冠正，則臣下肅。」古代士以上戴冠，用以指士以上的服裝。《漢書．杜欽傳》：「茂陵杜鄴與欽同姓字，俱以才能稱京師，故衣冠謂欽為『盲杜子夏』以相別。」顏師古注：「衣冠謂士大夫也。」唐代李白《登金陵鳳凰臺》詩：「吳宮花草埋幽徑，晉代衣冠成古丘。」此借指文明禮教也。詩，本來就是主觀、自我的產物，因此，溫任平詩集以《衣冠南渡》作為詩集名，其指涉、借代與隱喻性非常明顯。

溫任平自詡是「衣冠南渡」的馬來西亞華人，華僑血液裡自然流有中華民族四、五千年優秀文明的自豪基因，那種文明的優越感與文化鄉愁，相信是全世界華人都一樣的，雖然一時的政治理念或認同度不盡相同，但華夏文明、儒道教養與傳統文化的基因，深植每個華人的人心。蒙古、滿清都曾以軍事征服並統治中原，但最終仍被溫文爾雅的中華文化融合，這是提倡復興優秀傳統中華文化最好的證明。

一、從北渡到南歸

馬來西亞華人總數約664萬人，占大馬人口22%，是除了兩岸三地以外，海外聚集最多華人的一個國家。東南亞華人多為廣東福建籍僑民，向來關心祖國發展以及中華文化的傳承與傳播，甚至曾踴躍參加辛亥革命，支持孫中山「驅除韃虜、復興中華」的志業。然而畢竟是寄人籬下的身分，不免讓海外華人時常感覺命運多舛。讀溫任平《衣冠南渡》等詩集，特別能夠感受那種他鄉客卿的複雜心緒與有志難伸、懷才不遇的喟歎。

如果提到馬來西亞華人現當代文學，就不得不提到兩位兄弟檔：一位是現代馬華文學真正教父級的人物溫任平（溫瑞庭1944－）；另一位是中國現代四大武俠小說名家之一，即與金庸（查良鏞1924－2018）、古龍（熊耀華1938－1985）、梁羽生（陳文統1924－2009）齊名，寫《四大名捕》目前在中國大陸發展的溫瑞安（溫涼玉1954－）。為何說溫任平是馬華文壇教父級的人物？馬華人懂，其他海內外年輕人可能懵懂，原因是張愛玲說的：「出名要趁早。」溫任平在1958年開始創作，並在《通報》發表第一首詩《晚會》；1967年溫瑞安成立綠洲社、1973年溫任平創立天狼星詩社並擔任社長，引領其弟瑞安與一大票年輕同仁愛好傳統中華文化，並學習現代文學的創作，從此馳騁馬華文壇，甚至將影響力傳播至兩岸三地等華人文壇。溫任平亦於1981年與音樂家陳徽崇策劃馬華第一張現代詩歌的唱片與卡帶《驚喜的星光》，亦如台灣當時由余光中引領民歌運動一般，將現代詩藉由歌曲，傳播至廣大的普羅民眾，功不可沒。

溫任平從中學教職退休，致力於詩作教學與推廣詩活動外，仍創作不輟；寫詩外，還寫散文、文化評論，目前擔任《中國報》、《南洋商報》專欄撰稿人，因為網路的發達，我們世界各地的華人還可第一時間讀到他同步發表在facebook（臉書、面子書）和詩人俱樂部網站的詩作或評論，常常有讓人驚艷的觀點，是讀者之福。他除了引領馬華文學走向蓬勃發展的道路外，他的創作成果豐碩，有詩集《無弦琴》、《流放是一種傷》，散文《風雨飄搖的路》，評論集《馬華文學板塊觀察》等多部。評論他的專著或論文也非常多，有謝川成、朱崇科等人的評論與研究，以及溫任平〈從北進想像到退而結網：天狼星詩社的野史稗官〉一文，都可以一併閱讀，對了解天狼星詩社的發展與溫氏的創作背景與寫作歷程，都有莫大的助益。

我們都知道上個世紀全球經歷兩次世界大戰，各國紛紛從帝制到民主，因大陸解放後十七年黑暗期與文化十年大革命期間的鎖國政策，世界各地的華僑只能與在臺的國民政府自由來往，因此各地華僑仍多受維護傳統文化氛圍的影響，具體可見溫任平〈從北進想像到退而結網：天狼星詩社的野史稗官〉一文：「天狼星詩社的北進想像，也即是組織一個跨國的，以臺北為知識資源中心的文學團體，這計劃在一九七三年已見端倪。詩社重要成員由於認同焦慮、文化孺慕有『再漢化』（resinolisation）的傾向。」東南亞的華文文學尤其受台灣的中華文化傳統與現代文學影響至大，溫任平與他引領的團體也不例外，或許「天狼星詩社」取名是受余光中〈天狼星〉長詩的影響或另有別義。他們自然也受余光中等藍星現代詩人們抒情傳統、追求純詩與推動詩教的宗教般的狂熱與影響，如果說余光中是台灣詩壇祭酒，那麼說溫任平是馬華文壇祭酒，又有誰曰不宜呢？

言歸正傳，談了馬華文壇與溫任平的創作處境與背景，相信再談其《衣冠南渡》詩集，將能更深入理解其情境與詩境。溫任平《衣冠南渡》詩集共170首，就主題與內容大致表現來看，主要為具本土性（馬來西亞本土性、現實性）、中國性（文化鄉愁、兩岸三地情結）、兩者皆有三項主題與內容。排除與此三者無關的例如：〈村上春樹與卡夫卡〉、〈冬季奧運〉、〈巴菲特名言雜錦〉、〈賣火柴的男孩〉四首，還有166首具本土性、中國性或兩者皆有的元素。主要同時兼具有兩者皆有的元素（本土性、中國性）者共64首，餘102首主要分別單獨具本土性（馬來西亞本土性、現實性）的詩作55首或中國性（文化鄉愁、兩岸三地情結）的詩作47首。

二、馬來西亞本土性現實的主題與內容

從主題與內容單獨具有的本土性（馬來西亞本土性、現實性）詩作來看，多記日常生活周邊瑣事或感懷。例如他在2019年11月1日寫的〈八宅風水〉：

> 在梳邦，品嘗客家釀豆腐苦瓜／曾經想過興國安邦，不成／籌劃賣釀豆腐起家，不成／想在Sungai Ara垂釣，不成／坐著看西北兩側的花卉／東西屋宅的近距離交會／燒肉炒麵可以化煞／蔥薑蒜可以去邪／咖啡利尿／枸杞補血／／我在天醫延年的八宅／縱論天下，成抑不成？

〈八宅風水〉詩中雖有「在梳邦，品嘗客家釀豆腐苦瓜」句，但從主題與內容來看，主要還是寫作者的日常生活，恐怕這客家釀豆腐苦瓜也早已在異鄉落地生根了，變成南洋風的客家日常的飲食食物之一，因此仍歸本土性（馬來西亞本土性、現實性）詩作來看。詩寫詩人的理想與憧憬：興國安邦、賣釀豆腐起家、在Sungai Ara垂釣，卻都不成，晚來只能「在天醫延年的八宅／縱論天下」，如〈立春〉：「我聽到春天竊竊私語／它在聯絡花草樹木，密謀政變／推翻陳規惡習，打倒老朽專制……」詩人憂國憂民、滿懷抱負理想，但現實卻很骨感。成抑不成？自在人心，惟孫中山可恤勉：「革命尚未成功，同志仍須努力。」詩人滿腹經綸，也如屈原滿腹牢騷，詩寫日常，兼抒己懷足矣。

詩寫日常，如寫於2019年12月31日的〈食物速遞員的遭遇〉：

食物速遞員為飯盒心煩意亂／他手上有顧客的，三個地址／地球的地址，大自然的地址／未來的地址。他的摩托車／穿過大街小巷，包括半山芭／包括蒂蒂旺沙，蒲種甲洞雲頂／下一站是雲端，然後是月亮／下一站是鳥瞰的高爾夫球場／兜兜轉轉，他來到了火星劇場／無人汽車與飛機相撞／一天花雨，碎片散落／新年的煙花，父親靜靜閱報／母親在廚房做飯，他在路上

〈食物速遞員的遭遇〉一詩描寫的就是馬來西亞食物速遞員騎著摩托車穿過大街小巷的狀況「下一站是雲端，然後是月亮／下一站是鳥瞰的高爾夫球場／兜兜轉轉，他來到了火星劇場」現代社會、商業服務與app帶來人們生活方便，底層工作人員的辛苦，似乎仍是一樣，只是換個行業換個方式罷了。這首詩以雲端、月亮、兜兜轉轉，暗示食物速遞員忙得昏頭轉向、日日夜夜兜兜轉轉的形象，躍然紙上。新年的煙花燦爛，似乎與他無關，「母親在廚房做飯，他在路上」等詩句運用平淡卻產生強烈的對比與張力，只有父母親無盡的等待，或許可以給他一些溫暖的期待。溫任平這首詩是示現手法，沒有控訴或指謫什麼，只是呈現，希望大家與社會、政府能關注這個議題，因為貧富不均、工時問題、弱勢保障等，都是全球性共同面臨的問題。

溫任平寫於2020年1月24日的〈Postscript〉：「離開美羅三十年，銀城淪陷／離開怡保二十年，花園消失於無形」寫自己消逝的歲月與在地的「鄉愁」，在經歷了人生的種種，終於體悟：「現在我什麼都有，也什麼都沒有，只剩下詩的花朵開了又開」，當一個人洗盡鉛華、歷經滄桑，最終會發現〈華美將萎謝〉：「華美傾斜，而我一生追求的／美好，在你眼前，在我身後／／瞬間萎謝」，名與利如浮雲，或許只有藏諸名山的、嘔心瀝血的詩，才是詩人最後的安慰與寄託，唯有詩人的精神，唯有詩能與永恆對壘。

三、中國性文化鄉愁與兩岸三地大中華情結

從主題與內容單獨具有的中國性（文化鄉愁、兩岸三地情結）的詩作來看，如果不是早已知道溫任平是馬華詩人的話，讀者會以為他就是生活在傳統中國國度裡，彷彿天生，沒有距離，因為他的思考與生活，似乎都是出自中國性的思考。例如寫於2019年12月2日〈現代詩：中國篇〉

> 公車經過大陸某市鎮／公安局那棟大樓紅字漆著／「警民合作　來去圓滿」／公車U轉，大家都唬住／　交通島上有個廣示牌／「方向錯誤　回頭是岸」／／中國是文化佛國／乃成定案

〈現代詩：中國篇〉寫得是幽默、暗示與隱喻，完全是中國性、中國式的隱喻，宜個人領會。也有對香港的憂慮，如〈江湖〉：「文明的討論／雨傘與棍子永遠的爭議」，如2019年8月25日寫的〈忐忑香港行〉：

> 飛機降陸，心情如履薄冰／一邊閃躲黑衣人與白衣人的糾纏／一邊想像傘陣的百花綻放彩色多樣／看起來像大陸人？香港人？不，我是馬來西亞華人／能唱粵曲，經常盤桓在任白當年常去的茶樓餐館／如果我不小心說了個英文單字sorry，不代表我怯弱，不等於我很洋／正如非黑即白的雙方都用DLMH問候對方的母親／並非那麼惡毒，只是一句罵人的、很有口感的口頭禪／／讓我拉著行李箱前行。中華民族，到了最危險的時候／請讓我攜帶行李前行。別把那只烏龜貼在我大衣的背後／請讓我攜帶行李前行，別讓這個流動城市墜落淪陷

詩中展現了海外華人共同的憂慮「請讓我攜帶行李前行，別讓這個流動城市墜落淪陷」，任誰都希望香港繼續平和地繁榮發展，〈屯門詩〉：「救火車與警車／同時在巨大的商場出現／等著對方讓路」詩句暗示明顯，維持秩序與救人的，都等對方妥協與讓步，詩人那忐忑的心，簡單的透過膚色、語言與現場示現手法，表達作者自己心中複雜的情緒與想法，彷彿現場直播報導。

〈新版刀劍笑〉寫於2019年11月28日：

> 他是逃出嵩山少林寺大火的／俗家弟子，天涯浪跡／瀟灑是假的，渾噩是真的／放下刀劍，伸手投足／無非花拳繡腿，寫詩之後／豪情壯志，化作紙上雲煙／落葉歸根，哪里有根？

詩人以少林武俠、一群反清復明的武林好漢的後裔自況，想落葉歸根，但故國哪裡有根可依呢？接著筆鋒一轉至心事自喻：「他活了七十六載，找不到一個子弟／笑談渴飲匈奴血，啊，是冬天的雪」自我調侃，至今竟無一個繼承衣缽足堪大任的弟子，其午後詩成不禁大慟，悲從中來，讓人心不禁為之動容。

主題與內容單獨具有的中國性（文化鄉愁、兩岸三地情結）的詩作非常多，如作於2019年1月16日的〈臥底看王安石〉：

> 刺王失敗，天下鼎沸／一大盤熱粥，在大街小巷／流竄，燙傷文武百官無數／我是東廠督主，一身武功／無意江湖，用心社稷……」，以及〈讀史：輕觸〉：「讀史令我神傷／回去唐宋吧／英明的唐玄宗，走到一半／走進來，浴後的楊玉環／就開始沉迷腐爛……

多為詠史抒懷，或夢回經典與古人切磋酬酢較量一番，或意有所指，行雲流水，用筆隨興。

四、本土性與中國性兼具的主題與內容

溫任平詩集中主題與內容表現兼具本土性（馬來西亞本土性、現實性）與中國性（文化鄉愁、兩岸三地情結）的詩作大有可觀，應是傳承他固有的創作風格，也或許是兼具理想（中國性）與現實（本土性），二者二律背反的拉扯與對位，時常製造出蒙太奇電影換鏡手法般的變化與巨大的對比和時空張力。例如〈吉隆坡AQI 202〉：

> 遠山含淚，可是不見輪廓／遠景含笑，那是苦中作樂／有朋自遠方來／約我喝早茶吃點心／把車子駕出去／一路迷路／糊糊塗塗／去了蓬萊、瀛洲、方丈／才知道神山全在渤海／比鄰山東省青島／吉隆坡仿似／美麗的煙臺

近景與現實是吉隆坡的有朋自遠方來，遠景和想像的神山勝水，卻在美麗的蓬萊、青島和煙臺，詩人雖在現實的南洋卻也安居，而樂於想像成在美麗的煙臺，那令人嚮往的美麗中華。

在謝川成、朱崇科的論文研究中，屈原、端午與故國意象一直存在於溫任平的詩中、生活中與血液裡。連〈車過美羅〉：「我在美羅找美羅／在美羅河畔想像那是汨羅」，在馬來西亞的故鄉美羅，只因同一名字都要「想像那是汨羅」，如果在古代或許他就是屈原、李白、杜甫、王安石、蘇軾……這類忠孝節義、仗劍行俠與行吟江湖的士族。他〈隧道〉詩言：「我的一生，是沉默溫靜的／劍鞘，鐫刻了龍的圖案／魚的鱗片，魚等著回家／回到揮灑自如的大海／已等了好幾個世紀」詩人身在南洋卻「鐫刻了龍的圖案」的宿命，卻如龍魚般對故國母土充滿「回家」的想像與盼望。因為他始終認為如果「屈靈均是站在河的上游，而我們是站在河的下游，是一個古老傳統的承續。」（《流放是一種傷》163頁）那古老文化傳統的承續，似乎都是華人血液裡根植的、無法抹滅的基因。

〈衣冠南渡〉詩寫於2019年7月10日，「劇情」從人物一家五口隱喻先人們的遷徙穿越「官渡之戰」的想像開始，到歷經「永嘉之亂，五胡亂華，八姓入閩」等戰亂更迭，民族南遷、衣冠南渡：「倉皇出走，斜睨綿亙十里的殘荷／驚悟，我們是過河卒子／放下峨冠博帶，收拾細軟／攜帶雨具拐杖，走向南方／沒有回頭路」因外族入侵、家國動盪而倉皇出走，彷彿我們都是歷史洪流中驚惶的一群，從此「落番」（東南亞華人自謂下南洋、落番邦之意），沒有回頭路。這首詩宜與2019年12月16日寫就的〈歷史之旅〉聯讀：

隨著一群遊客，匆匆忙忙／走過杜甫草堂，赴新安，轉石壕／來到潼關，見過三吏／翻開三別，反映盛唐動盪／早在安史之亂／開元勵治，怎麼竟成了／天寶淘寶，在華清池／與妃嬪捉迷藏／／縱身一躍，抬望眼／巍巍驪山，不遠處／是張學良挾持蔣介石的西安／山海關淪陷，東三省淪亡／中原大戰，日軍屠城的瘋狂／都展售在遷臺後，颱風後／舊日武昌街的周夢蝶書攤／其中數冊，不巧流落南洋

〈歷史之旅〉詩短情長，匆匆忙忙繁複的歷史在詩中只一瞬即跳躍而過，這就是詩意象運用的魅力。這些歷史與史書史事都展售在遷臺後，舊日武昌街周夢蝶的書攤「其中數冊，不巧流落南洋」，彷彿這些苦難與歷史，都經由書籍詩集的傳遞而延續傳承到了南洋詩人溫任平手中。詩的篇章結構、語法修辭與伏筆轉折，機鋒安排的恰到好處，短短數行，連結了歷史縱深與兩岸三地（大陸、台灣、大馬），時間與空間的跳躍，場景的轉換，恰到好處。讓人讀後有拍案叫絕之感。

寫於2020年2月8日的〈個人病歷〉，延續與展示他年輕時期孺慕中華文化而與「長安不見使人愁」的臺北文壇交往的經歷，讓人不勝嚮往：

懷念台灣，症狀屬於三無：／無以名狀，無以復加，無中生

有／一九七三年赴臺，十五天的盤桓／三年寤寐輾轉的返祖想像／五年的文化代入身體力行／出版《黃皮膚的月亮》／評論集《精緻的鼎》六百處錯誤／疵漏無數，進入健力士世界名榜／高信疆走了，洛夫瘂弦赴美加／台灣，賸下溫柔敦厚的李瑞騰／謙遜睿敏的詹宏志，新批評健將／顏元叔不辭而別，我與夏志清／劉紹銘，魚雁往返，一張薄箋／此後，北雁南飛自展翅／四十載過去……夢裡咸陽／電視劇長安，WAZE找不到／布城吉隆坡，沒有這些地方

〈個人病歷〉那無以名狀，無以復加的症狀，似乎沒有經歷過的人無法體會，當時那如俠客劍士般對「華山論劍」武林中心臺北文壇的嚮往。溫任平那「北進想像」因自身家累與工作詩社等羈絆而只能「退而結網」，或許是冥冥中天註定，北進想像卻由他的弟弟溫瑞安與一班年輕社員轉化為「神州詩社」替他實現。雖然政治溫和後溫瑞安由北進而西進，終究是一種華人的尋根之旅，如願以償的歷程與選擇。如此，不能不說「北進想像」與「退而結網」，無形中由溫任平、溫瑞安兩兄弟一家人分別實現，不能說不是另一種圓滿。而這一切，尋根溯源，不能不歸功於最初馬華文壇教父溫任平的起心動念。

五、結語

溫任平是「衣冠南渡」的馬來西亞華人，華僑血液裡流有中華民族四、五千年優秀文明的自豪基因，那種文明的優越感與文化鄉愁，全世界華人都一樣，雖然一時的政治理念或自由民主的認同度不盡相同，但華夏文明、儒道教養與傳統文化的基因，深植每個華人的人心。讀溫任平《衣冠南渡》等詩集，特別能夠感受那種他鄉客卿的複雜心緒與有志難伸、懷才不遇的喟歎。我們隨著他詩中步伐流動的歷史足跡，得窺時間在他周遭經過的究竟，以及中華文化血液的流淌、馬來西亞本土現實的衝擊、西洋文學底蘊的激盪，即

理想與現實的交煎、原鄉與故鄉的拉扯、文明與在地的衝突的二律背反，這三種文化與文明的尖銳矛盾衝突與夾擊在他身上交織著複雜糾結的情境與衝擊，以及他在詩與文學中尋求心靈的解脫與安頓。

在謝川成、朱崇科的論文研究中，屈原、端午與故國意象一直存在於溫任平的詩中、生活中與血液裡。居住地馬來西亞的現實性侷限，與理想性的中國原鄉文化鄉愁、兩岸三地情結，恆常在他詩作裡糾結、衝突、對立或者和諧，往往因錯位或對位而製造巨大的戲劇性效果，或者張力。人生七十才開始，作為馬華文壇教父，我相信詩人仍將一如既往，無畏無懼、筆鋒如劍，繼續管領風騷、引領群雄，叱吒風雲。

撰成於2021.03.29

劉正偉，文學博士。1967年出生。《台客》詩刊總編輯、《詩人俱樂部》網站創辦人。國立臺北大學兼任助理教授。現為上饒師範學院副教授。詩與散文在台灣曾獲約十個獎項。著詩集：《思憶症》、《夢花庄碑記》、《遊樂園》、《詩路漫漫》、《貓貓雨：劉正偉詩選》等七本。論著：《早期藍星詩史》、《覃子豪詩研究》、《新詩創作與評論》等。

序二：再一杯咖啡（One more cup of coffee）

詩人、評論家／高塔Hytower

一、否迭世代（Beat Generation）

面對外來語，日文有一套堪稱全世界最偉大發明之一的片假名，顧音不顧義翻譯，像Beat Generation，日文眼睛眨也不眨，立馬譯為ビートジェネレーション，中文就糾結多了，左要考慮音，右要考慮義，坊間中文多將其譯成「垮掉的一代」，我一度另譯為「辟地世代」，後改譯作「否迭世代」，取否掛與更迭義，兼顧B與T音（算是皇甫曾〈遇風雨作〉詩句）。

否迭世代（Beat Generation）是二次大戰後，於1950年代，美國一群作家揭開的文學運動，龐克教母Patti Smith 也許不是這個世代的主要作家，但只要她還在時代廣場的大落地窗外晃來晃去，到此，「曉霽心始安，林端見初旭。」（唐・皇甫曾），包括於2016年，代Bob Dylan領諾貝爾文學獎，我們都不能說這個世代已經過去。

在這個又是風又是雨的時代框架中，華人與華文面臨前所未有的劇變，「支離東北風塵際，漂泊西南天地間／三峽樓台淹日月，五溪衣服共雲山／羯胡事主終無賴，詞客哀時且未還／庾信平生最蕭瑟，暮年詩賦動江關。」（唐・杜甫〈詠懷古蹟〉），在時間雲山中，人、船繞得暈頭轉向，誰華夏？誰蠻貊？

李鴻章答登門獻策的梁啟超：「一代人只能幹一代人的事！」是嗎？一九〇〇年庚子之亂，兩甲子過去，我們不能既憂現代，復憂後現代嗎？

去年庚子年，溫任平先生捎信來，要我幫他的詩集《衣冠南渡》寫序，後遭新冠肺炎打亂，「浩劫信於今日盡」（沈石田〈落花〉詩句），擱延迄今。

詩集交上去，等著付梓／情緒解套，等待安置／等著否定、肯定，與肯定的／否定，與別人的視若無睹／你不是為他們寫作，你為／天地不仁，銘刻印記／隱藏，隱匿，像蟬聲的／似有若無，每個字都在／掙扎喘息，不能輕易／洩漏作者的喜怒哀樂／人物何時來去，抑且／冬季可否守到春季／／零度寫作／（2020年1月12日《衣冠南渡》181——Roland Barthes　溫任平）

庚子辛丑春不同，陳與義「此身雖在堪驚」，洛陽午橋能遇，互道韓語「安寧」，壓驚。

妳怎麼可能把一滴淚／初一貯在眼眶，初二懸在睫毛／初三才讓它緩緩掉落／經過臉頰，來到下巴／／（遲到的飛機，遲出來的行李）／妳的雙唇，就這樣看著／淚花從蘊蓄、綻開，到放棄／看著地面的塵埃，接受洗禮／是塵緣未盡，未能盡？／是所有的花，包括淚花／都必須回到孕育它的大地？／／（公巴開走了，妳得叫德士）（《衣冠南渡》093——延誤　溫任平）

入「溫」林得「溫」樹，加入我的「三別好詩」，「噢，晃旒光色，噢，物華黯銷，再重逢，從未料到，妳親吻，而後，罷了，我回到，無忌道。」——*Boogie Street* by Leonard Cohen。

今年2月13日收到修正後初稿，天狼星、南渡、北進、想像、華美將萎謝，幾個關鍵詞隊列，跑馬眼前，等等，「空留三尺劍，不用一丸泥。馬向沙場去，人歸故國來。笛愁翻隴水，酒喜瀝春灰。錦帶休驚雁，羅衣尚鬥雞。還吳已渺渺，入郢莫淒淒。自是桃李樹，何畏不成蹊。」先沏壺茶，借李賀〈奉和二兄罷使遣馬歸延州〉暫澆胸臆：

政治是一把村正妖刀，大斜、大雪崩與村正妖刀並稱圍棋三大難解定石，在AI破解村正妖刀之前，棋手莫不聞之色變，因為，拿到這把刀的人容易走火入魔，傷及無辜。

一九七〇年六月，台大外文系的中外文學月刊創刊發行，七〇年前後幾年，有兩個人，一是羅門，二是溫瑞安，特別吸引我的注意，前者，應該是他的詩帶點古典，後者，露鱗何龍？是我當時的好奇，暗忖，這可能是得罪權臣的龔自珍走後，雲後的龍長一氣，兄弟兄弟，陸機與陸雲，王世貞與王世懋，有人說，印度Adikavi（第一位詩人）蟻垤（Valmiki）所寫史詩羅摩衍那（Ramayana）中，羅摩（Rama）與拉什曼那（Laksmana）兄弟是雙身來到地球的Visnu。

李賀案前楞伽，肘後屈辭，寫序之前有大量資料必須消化。一時，我的案前肘後全部更動。首先，須進行我對溫瑞安的那一段記憶的補斷。

一九七〇年十月，大我十歲的朋友蔡行助到淡水來找我。那時，我讀淡江英文系，並找其台中一中的同學石育民，他甫獲中華民國頒發的第一位物理學博士，即接任淡江物理系主任，他的太太及哥哥石資民一門三位清華博士，我們早在我讀高中時即認識，每次相見，他都會送來一本，一九七〇年一月在台灣創刊的《科學月刊》。

「談起校園民謠，總會講述李雙澤為了救人而溺水的一九七七年。李二十八歲辭世。」

> 令人心碎的鄉土文學論戰肇始／可口可樂事件與它的連鎖效應／夢中迭地驚醒的一支吉他／聽到自己彈奏的全是西方／全然沒有民族特色與個性／一堆不咬弦的和絃／咬傷左手四個指頭／見血了鋼弦還吃進肉裡／要見到血淚嗚咽才甘心／音樂，流淌的液體／把人浮起，然後溺斃／（2020年1月28日《衣冠南渡》196——台灣校園民謠　溫任平）

一九七一年成大、淡江相繼出事，時事研習社的部分成員，包括林擎天、林守一一干人被捕。一九七八年戴光華事件，現任夏潮基金會董事長的宋東文於當兵期間被警總約詢，半年獲釋，邀我到其住處，席間邊喝啤酒，邊彈吉他，唱李雙澤的歌。我一直沒有告訴他，一九七七年秋，我坐淡水線火車，路經關渡，窗外，李雙澤一個人背對火車，兩手張開，一步步走向金黃稻田深處，屈原自沉汨羅，李雙澤自沉秋陽，沒幾天，他溺於淡海。

不見面，一生即將過去／也不用孟婆湯，兄弟／我們註定在洶湧的／江湖，相忘，相濡以沫／其實是兩個老人的唾液／在癟了的口腔裡打轉／過得了秋，捱不到冬／我們的腳踝扭傷／哪一天會痊癒，出院／哪一天，你在哪裡／／對了，哪一天戲院散場／兄弟，我好像看到你的側影／二十五年前的形貌沒有變／倒是觀眾寥落，戲院上映什麼／無從得知，第二天我回去找／戲院竟成了超市，人聲鼎沸／大家都在演戲，主角配角／好人壞人，全都在跑龍套／跌跌撞撞的，竟是／當年健步如飛的我們／（2019年5月7日《衣冠南渡》106——這一生會過去　溫任平）

天狼星是雙星系統，包括一顆白主序星和另一顆暗白矮星伴星；陪你到底（廣東雨神）：你我之間／像那鉛筆和橡皮／管那是紙還是座牆壁／犯錯沒關係／有我陪著你／有我的地方一定有你，陸機河橋兵敗，為盧志所讒，被誅，臨刑對其弟嘆曰：「欲聞華亭鶴唳，可復得乎？」芻狗疤深方知，天地曾經不仁。

孩子，官渡之戰湮遠，我們一家五口／在匈奴鮮卑羯羌氐鐵騎，席捲中原之前／越過長江三峽，前面是路／行人扶老攜幼，孩子，不要多話／向前走，不要遲疑猶豫／不要東張西望，不要胡思亂想／袁紹四世三公／家世顯赫，多謀少決，用人多疑／十一萬大軍那及曹操的四萬精兵／不要把歷史看得太嚴重／一逕往南走，這就對了／袁紹強攻，我們是走一步算一步／永嘉之亂，五胡亂華，八姓入閩／深圳廣州在左，九龍香港在南／孩子，不要邊走邊跳／一個不小心從香港跳到福隆港／我們的後代子孫就得在那兒繁衍／倉皇出走，斜睨綿亙十裡的殘荷／驚悟，我們是過河卒子／放下峨冠博帶，收拾細軟／攜帶雨具拐杖，走向南方／沒有回頭路／（2019年7月10日。晚上7:45pm《衣冠南渡》115——衣冠南渡　溫任平）

「公無渡河，公竟渡河。墮河而死，將奈公何！」（漢．箜篌引），東非動物大遷徙又稱角馬大遷徙，百萬隻動物從 Serengeti南部，輾轉走到鄰國肯亞的Masai Mara，暫度一、兩個月後，又千里迢迢地折回Serengeti南部，領頭的是愛吃長草的草原斑馬。牠們的利齒切割草莖頂部，將底部留給隨後愛吃短草的牛羚。後者吃飽離開後，草地上露出剛剛長出的嫩草，正好是走在後面的瞪羚的美食。

Sunrise, sunset.屋頂上的提琴手，一個民族寄於另一民族籬下，兩種思鄉，一鄉土，二鄉音。據聞，墾丁的棋盤腳聽遠從菲律賓飄洋來台，夏天穗花開時，臨風沙沙，「傾身諦聽」，棋盤腳的鄉音細得像一抖就撒的鄉土，大進場也是大退場的衣冠南渡，

妳怎麼可能把一滴淚／初一貯在眼眶，初二懸在睫毛／初三才讓它緩緩掉落／經過臉頰，來到下巴／（《衣冠南渡》093——延誤　溫任平）

「簾外雨潺潺」，路上行人匆匆過／沒有人會回頭看一眼（曾經心痛，陳大力詞）金錢豹文心店，你可不可以卸下「天上人間」？

二、溫任平密碼

讀溫先生的詩集和文章越多，就會越警覺。

> 髣髴是那個文武兼備的／嶺南旅客，行李裡有乾糧／水囊，匕首與幾冊線裝／塵暴刮起，篷帳晃動，狂風／刀子似的刮著漢子的鬍髭與大地？／他要去北方，傾斜的北進想像／茶樓酒肆在世界的範圍／對於一個過客並無兩樣／都是吹著口哨走進客棧／不外一兩白乾送牛肉乾／文的搞文牘武的當守衛／髣髴—／我是被史家抹掉的南洋（《傾斜》31—髣髴 溫任平）

「髣髴」是溫先生的自畫像，初讀，不解為何不用「彷彿」而用「髣髴」，後來想到髯生，才恍然大悟，這首詩與溫先生的《傾斜》詩集（頁176）並看：中年辭我，老年那廝／卻擠眉弄眼要與我摻和／每次在購物中心試衣服／他就在燈光掩映下／挺胸縮腰，搔首弄姿／／歲月最是可憐，對著鏡子／的歲月更是、靦腆、猶豫／像及笄的閨女／無法忍受自己的美麗／像用文字練武的人／無法忍受自己的失語，「且自開懷飲幾盅」，老生主要扮演中年以上的男性角色，唱和念白都用本嗓（真嗓），老生在很多劇目中都是主角，可見溫先生善藏不露的自期。

「他要去北方，傾斜的北進想像」，傾斜？北進？想像？特別是想像，「You may say I'm a dreamer. But I'm not the only one / I hope some day you'll join us. And the world will be as one─John Lennon」

> 想像：每個華裔老人的夢裡／住著一座舊金山／想像：每個華人搭快鐵／去茶樓吃點心叉燒包／想像：每個人都愛惜自己／火車開動，它咳嗽著／走過四分之三個世紀／／想像：每個華裔老人的心裡／都掛著清明上河圖／記掛著汴梁汴河

兩岸盛況／各行各業，各行其是／橋樑垛牆都仰面向上／一百七十棵樹都曬著煦陽／八百多人，每個人都忙（2019年12月15日，《衣冠南渡》150—IMAGINE　溫任平）

溫先生的論文—從北進想像倒退而結網：天狼星詩社的野史稗官，無限的回歸即是無限的遠離，這裡的想像不是普通想像，John Lennon的IMAGINE可作註腳，帶有否迭世代（Beat Generation）的反戰思想。

你們要送花／建議：送給五四它老人家／歲月從不如歌，蹉跎／流浪顛簸，一個世紀／後人不用白活，用emoji／彩色繽紛，表情鬼馬／它們內容是否空洞／無所謂，這世界本來就是／空間空氣空無，空空如也／我們發聲，聽到／回聲，比原來的聲音／輕微些，糢糊些，曖昧些／我擔心握花的那一刻／華美傾斜，而我一生追求的／美好，在你眼前，在我身後／／瞬間萎謝（2019年12月13日、黑色星期五，《衣冠南渡》148—華美將萎謝　溫任平）

這裡又出現「傾斜」，「俺曾見金陵玉殿鶯啼曉，秦淮水榭花開早，誰知道容易冰消。眼看他起朱樓，眼看他宴賓客，眼看他樓塌了。」（孔尚任《桃花扇》），樓塌之前必先傾斜，「嗟乎！……使負棟之柱，多於南畝之農夫；架樑之椽，多於機上之工女；釘頭磷磷，多於在庾之粟粒；瓦縫參差，多於周身之帛縷；直欄橫檻，多於九土之城郭；管絃嘔啞，多於市人之言語。使天下之人，不敢言而敢怒。獨夫之心，日益驕固。戍卒叫，函谷舉，楚人一炬，可憐焦土！」「多於」連刺獨夫四刀，函谷舉，楚人一炬，秦「華美傾斜」。這首詩暗藏華為，卻顧左右而言五四，後人不用白活／用emoji，即使白話是白話的誤植，亦說得通，甚至更好，文字繳械給火星文，給emoji，這是文字的傾斜，這不是「否」的拆字—「不口」，是甚麼？

> 看著妳的腕錶，只看一分鐘／這是一九六零年四月十六日下午／還有一分鐘就三點了／我們是一分鐘的朋友／張曼玉還愣在那裡／／有一種鳥，沒有腳／它會飛，即使睡著／也會搖著翅膀，飛進雲裡霧裡／它們從雲絮裡現身—酷得很／真的很冷，沒有羽絨外套／灰頭灰腦，張國榮說它們／只落地一次，落地就死去（2019年12月5日，《衣冠南渡》141—阿飛正傳　溫任平）

詩名取「阿飛正傳」甚佳，呼之欲出，試卷一道題3分，有一道題誤印答案，97分是頂級分。

三、孔乙己變形蟲

> 收到消息，收到信，天要黑了／遠處的雲，四面八方湧來／只來得及看信封上的名字／一對老夫婦在身傍走過／他們身上沐浴露的氣味／稍稍沖淡天旱蒸騰的熱氣／這是什麼季節，何以沒雨／／這是什麼季節，尺蠖前行／速度快，一路丈量地面的崎嶇／一路發出防滑的聲音，你穿著／平底鞋也是為了防滑，你知道／自己不可能摔倒翻身幻化成蝶／／這是什麼季節，一群烏鴉飛來／遮住半個天空，空氣中／有小麥的味道，你想像／金黃如旭日的麥田，青色的路／漸漸臨近的雨雲，雨總是要下的／司機的車子，在前路的拐彎處（2020年1月16日，《衣冠南渡》185—尺蠖　溫任平）

曲《蘆林》中的姜詩是中國二十四孝之一，一手單照（即今日放大鏡），一手畫扇，身穿黑褶子，頭戴方巾，配以副角動作，一上場：「母病求醫，問卜求神到這裡，呃，呃，呃，慌忙行過了柳溪區，步入在蘆林內，遠觀一婦人，看她手抱蘆材，聽她哭哭啼啼長吁短嘆，短嘆長吁，好一似不孝三娘龐氏妻。我且整冠前行作不知，整冠前行作不知。」勾勒末世文人的不堪，特別是《蘆林》中姜詩的身段，望之儼然孔乙己翻版，在咸亨酒店，小孩子會圍住孔乙己要茴香豆，一人一顆，再要，孔乙己便伸開五指罩住碟子說：「不多不多！多乎哉？不多也。」後來，孔乙己的腿被折了：欠十九錢，許久沒來。十幾年前，我的小學同學在金屬研究中心當主任，一位留德多年，久拿不到學位後來改留美的博士，前去應徵，見面發現他視力僅能看到腳前幾步，負笈飄洋，最後變成蠹魚。

卡夫卡變形蟲小說的主角Gregor發現自己變成甲蟲，關在房內，家人幾乎不願再跟他接觸。Gregor的變形幾次嚇到他人，從此，每當有人打掃，他就會躲回沙發下，並用枱布蓋著，好讓腳也能從他人目光中消失。接著，Gregor失去語言，又被父親用蘋果砸到背脊。有一天他妹妹Grete拉提琴以娛房客，Gregor現身，房客嚇得要退租，Grete宣布，這頭怪物不配聲稱是她哥哥，因為顧家的哥哥一定會離開這間屋，不再成為家人的負擔。Gregor退回房中，在背上腐爛的蘋果陪伴下死去。

孔乙己乃至范進是中國文人日趨難堪的兩相，我大學讀英文系，大二時，曾去女友家，無意中聽到她媽媽低聲跟她說：……讀文的好嗎？畢業後，第一份工作廣告，第二年，頭也不回，轉往專利，直到退休，大一開始寫中詩，大二試著寫英詩，後來被我硬生生壓回去，這是我作為現代讀書人的變形經驗，這種變形痕跡在溫先生的《衣冠南渡》、《傾斜》、《教授等雨停》等詩集中有時以戲謔和自嘲的方式呈現：

> 早上起床洗臉刷牙／然後去找藥，外勞女傭／大聲說：藥啊你剛吃掉／／我說kakak講話嗓門／可以放小，俺句句分曉／「Sorry，喊第五次，昂哥才聽到」／／我不好意思的坐在餐桌一角／Kakak走過來嘀咕，她在講什麼？／沒吱聲，我保持主人優雅的微笑（《衣冠南渡》176—三組俳句　溫任平）

> 我在班苔醫院前，汽車急速拐右／躲過了一場災難性的腹部

手術／昨晚護士說病歷表，不知去向／我小心翼翼，檢視病人的眼睛／地上有一枚用過的靜脈注射器／病人的血壓時而偏高，時而／走低，像十二月驟強驟弱的／風雨……我選擇用／靜脈注射，消解血裡的尿素／一個穿著藍色制服的護士／示意噤聲，叫我睡回床上／她顯然不知，我是當值醫生／／我後來替她打了麻醉劑（2019年12月11日，《衣冠南渡》146—醫院政治　溫任平）

把一粒石頭，輕輕放進眼前的海／感覺到水準上升了少許／很少很少，肉眼無法看到／只有他和他的心感覺到／海水的輕顫，浪花綻開／像欣喜的小孩，邊走邊唱／他把整個自己放進海洋／奇妙的是海水沒有高漲／奇妙的是心跳加速／奇妙的是那些泡泡／……（《衣冠南渡》147—三閭大夫的記憶　溫任平）

如張菲和余天的插科打諢和自嘲拉近主持人與觀眾的距離，自稱「以文字練武」，「絕藝如君天下少」（杜牧）的溫先生一場訪問屈原，不是自沉汨羅？怎麼讓我覺得像是結石不小心掉入馬桶？地下文化中，否迭（beat）尚有一義，即掏乾、觸底、垮掉、累倒，「雲橫秦嶺家何在？雪擁藍關馬不前。」（韓愈）可謂否迭（beat），往難堪的世界變形，重死竟然只是一聲輕脆撲通。

四、石因有情方成玉

我初中看石頭記，後來才知道，這是紅樓夢的原名，大一時候花一個月，看完正版紅樓夢，當時覺得情戲細緻瑣碎，說是情，常滑到慾那邊，不像西遊記、水滸傳、三國演義，乾脆、直接，招詭還有很多花計，直覺那是樓內情，不是樓外情，臨川似夢亦寫情，大概因為跨到戲媒介，考慮到觀眾，節奏快些，不過，還是摻有慾，元稹〈遣悲懷〉三首的情就很純，茲錄其三如下：

閒坐悲君亦自悲，百年都是幾多時。／鄧攸無子尋知命，潘岳悼亡猶費詞。／同穴窅冥何所望，他生緣會更難期。／惟將終夜長開眼，報答平生未展眉。

溫詩寫情，大關懷如：

十點西藥行關門休息／你不能不急，風風雨雨／一路走來，皮鞋裡的襪子／襪裡的腳趾盡濕／夜將盡，世界在旋轉／眩暈攜來幻象，走吧走吧／去啊去啊，我就在天地人藥行／等你，我動員半島的所有意象／在大街小巷護衛你的來／我會服下所有的藥／（如果我買得到）／讓我有力量抱起你／有力量，往前奔跑／夸父追日，黃河渭水／大小指標，都要達到（根據世界日報的今日搶鮮報導，一耆老瘋漢於晚間十時，匆匆走進本市天地人西藥店，購買大量藥物與保健食品，老頭抱著芭比娃於風雨交加的夜色中奔行，遂不知所終。（2019年9月30日．下午二時，《衣冠南渡》123—雨夜行　溫任平）

小關懷如：

妳原來沒看我我偶爾發現／妳原來想走左我卻走去右邊／父親辭世妳在靈堂發呆我以為妳太悲哀／母親走了妳一邊摺紙錢一邊打呵欠／我除了蹓狗下棋寫字唱歌一無可取／髮型後現代竹筒褲有十個補釘的褲袋／／妳原來沒看我我偶爾發現／同時也發現妳的假睫毛與真眼袋（2020年1月15日，《衣冠南渡》184—偶爾發現　溫任平）

大情小情的純度都很高，寫情的詩好壞固然繫乎詩家技巧、技術，更繫乎詩家生命純度。

王羲之蘭亭序、顏真卿祭侄帖及蘇東坡寒食帖合稱天下三大名帖。蘇軾於黃州得名東坡，再貶儋州三年後接召北返，路過常州自題金山畫像：「心似已灰之木，身如不繫之舟。／問汝平生功業，黃州、惠州、儋州。」這是東坡自嘲，初貶黃州時援管寫就：「自我來黃州，已過三寒食。年年欲惜春，春去不容惜。／今年又苦雨，兩月秋蕭瑟。臥聞海棠花，泥汙燕支雪。／闇中偷負去，夜半真有力。何殊病少年，病起頭已白。空庖煮寒菜，破竈燒溼葦。那知是寒食，但見烏銜紙。／君門深九重，墳墓在萬里。也擬哭塗窮，死灰吹不起。」理性是書帖的基石，徑賽的跳遠，感性則為書帖的突破口，徑賽的撐竿跳，一躍而起，靠的是充沛的興頭如蘭亭序，洶湧澎湃的心慟如祭侄帖，案前，愛侄的頭，筆下，「阿兄愛我」，誰不動容？帖的好壞固然繫乎技巧、技術，更繫乎書家生命純度。

五、衣錦尚

禮記中庸三十三章，詩曰：「衣錦尚絅」，絅（jiong），同「褧」，是麻質罩衫，Thoreau三復斯言：「Simplicity, simplicity, simplicity.」絅，此之謂耶？一說，尚，加，另一說，尚為裳之借字，二說均通，「衣錦尚絅」今譯：「衣錦繡，外被麻質罩衫。」錦為陽，絅為陰，「陽秘陰平，精神乃治。」，秘即秘藏，不妄發，以絅的樸素損錦的華麗，陰陽沖和，修身「致中和」，修辭求「得體」。

衣服，特別是外套，我向來買Marlboro牌子，原因在於「衣錦尚絅」，一度這個牌子不見，轉參考英國Barbour，惟因價格太燒，正苦惱，去年底又找到，因為Marlboro菸有害形象，已改成Macs，重點不是「我在」，而是「自在」，於衣如此，於詩，「文」錦尚「言」絅，這點，我在T.S. Eliot 的荒原五部得到確認，從而確信。

報販和與他等高的晚報一起自拍／他笑著，擺了一個V形手勢／我們聊天，談林連玉的生平／華文教育的奮鬥史／他想參選，他說有街坊支持／我勸他莫要一時衝動／參選可以蕩產傾家／剃光頭是小事，剃光了／三個月頭髮會長回去／／他突然對我說他要走開一會兒／要我替他看顧檔口，他疾步從／7－11走回來，拿著剛買的剃刀／微笑對我說：「謝大師點化／我有這決心，這就出家去。」（2019年12月30日，《衣冠南渡》168—報販出家　溫任平）

龜殼變成石頭？還是石頭變成龜殼？不懂，眼前的龜殼石渾然天成，讓人愛不釋手。

如果不是因為擔心連累無辜／他會選擇秘方作為棲息的地方／這兒的四張沙發與中間的長几／對他都有感情，而他視它們／為桌椅，供斜倚，思索／計畫在什麼時候完成工作／什麼時候，向大家說拜拜／然後靠牆，找個最舒服的角度／憩然睡去／／在秘方他討論過國家大事／大手筆的重大投資攻略／向客戶建議過離婚、創業／（留意兩者策略的相似？）／向客戶建議賣掉整棟大樓／建議客戶忍聲吞氣，建議／客戶策略性撤資離職／部署鄧小平式的東山再起／／他其實很累，所有的勝利／歸功於勝利者，他靜立／在比較遠的角落，拍掌／他微笑，其實是不動聲息／向主人請辭，握手／致意，近乎謙卑的拱手／告退，然後駕車回秘方／為另一個集團，策劃另一場／惡意收購或黎明襲擊／／他其實累了……（2019年1月13日．臘八，《衣冠南渡》082—秘方：找個牆角靜靜睡去　溫任平）。

通詩文兵言卒，布列成陣，大小石頭「知所先後」，現身秘方海岸，大棋盤一覆再覆摩訶婆羅多68天戰役，因善為惡，因惡為善，借用老定石，少年周擊秤於青岩絕前牧野，安八百年大梁，託付漢陽諸姬。

「衣錦尚絅」得損卦大用，以言損文而不傷文，以絅損錦而不傷錦，在「衣冠南渡」，在溫先生身上，我看到徐無鬼匠石的影子。

六、跑馬燈，你走得太快

〈禮記檀弓上〉孔子蚤晨作，負手曳杖，逍遙於門而歌曰：「泰山其頹乎？梁木其壞乎？哲人其萎乎？」既歌而入，當戶而坐，子貢聞之曰：「泰山其頹，則吾將安仰；梁木其壞，吾將安杖；哲人其萎，吾將安放？」遂趨而入。

> 懷念台灣，症狀屬於三無：／無以名狀，無以復加，無中生有／一九七三年赴台，十五天的盤桓／三年寤寐輾轉的返祖想像／五年的文化代入身體力行／出版《黃皮膚的月亮》／評論集《精緻的鼎》六百處錯誤／疵漏無數，進入健力士世界名榜／／高信疆走了，洛夫瘂弦赴美加／台灣，賸下溫柔敦厚的李瑞騰／謙遜睿敏的詹宏志，新批評健將／顏元叔不辭而別，我與夏志清／劉紹銘，魚雁往返，一張薄箋／此後，北雁南飛自展翅／四十載過去……夢裡咸陽／電視劇長安，WAZE找不到／布城吉隆坡，沒有這些地方（《衣冠南渡》208——個人病歷　溫任平）

> 眾人皆知其人愛留鬍髭／格局與另一美髭公邵洵美有異／沒人知道，他懂武藝／兼授五行迷蹤步，上臺朗詩／這兒走走，還是上海的路易士／那邊摸摸，已是臺北的狼在獨步／節目主持人，嚇得無不手足無措／／說時遲那時快，他把煙斗／縮小為拐杖，又把拐杖放大／成煙斗，還丟給聽眾一隻／昏了頭的兔子，他自己卻斯斯然／抽著煙，自右側的小梯級走下／年輕有禮的，瘂弦快步上前扶（《衣冠南渡》166——一九七三：臺北聽紀弦誦詩　溫任平）

感覺，莫名挨時間幾記巴掌，高信疆卒於2009年，顏元叔2012年，夏志清2013年，紀弦2013年，周夢蝶2014年，羅門2017年，余光中2017年，葉珊2020年，蓉子2021年，依稀聽到時間的腳步聲，直到2020庚子年4月，我的教授紀秋郎博士（師事梁實秋）病逝，April is the cruelest month.（Wasteland by T.S. Eliot），信哉！以上幾位，我不是直接，便是間接打過照面，周夢蝶是台北新公園的地景，一襲長袍，好像改朝換代仍留的辮子，每次見到，都迷惑，不知道誰會被甩到時代的旋轉門外，讀他的詩比讀他本人更易懂。紀弦是我讀成功中學時的老師，人高，遠遠就可以看到，嘴叼煙斗，根本就是一首詩，而且是即使不懂也會愛上的詩。

七、君子劍？匹夫刀？

在南洋理工大學的甬道／聊著歷史，一列盆栽帶著我們／走進，前南洋大學的五臟六腑／／五百二十英畝的大學校園／搖曳生姿的相思樹／一夜之間被砍伐殆盡／／二十五年校史與一萬兩千名學子／集體記憶怎可能是廢墟／／殖民統治，英文至上主義／華文教育出來的是左傾分子／新舊政府都不允許／／把大學生命實體煎熬成「南洋精神」／自我激勵的話，濃縮成一句／／義唱、義賣、義演、義剪，…／三輪車夫，德士司機捐出／他們一天的所得所需／／雲南園，知識分子深邃的堂廡／行政大樓成了世界文化遺產／供後人遊客瞻仰唏噓／／在甬道的盡頭／站著若有所思的陳六使（《衣冠南渡》200——南洋大學　溫任平）

我是那個騎騾顛躓而行的／北方商賈，行囊裡有乾糧／少許銀兩，還有幾冊線裝書／塵暴刮起，篷帳動搖，狂風／刀子似的刮著我的鬍鬚與大地／番子的騎聲擂著大地疾馳而至／我用我的三尺半劍，舞一個劍花／向後翻兩個筋斗，摔跌到／一早就預備好的柔軟床墊／沒有對白，動作姿態／換個飯

盒，拿一百塊（2019年12月1日，《衣冠南渡》137——龍門客棧　溫任平）

初讀「南洋大學」，至「站著若有所思的陳六使」句，頗驚奇詩人能沉難沉之氣，趙治勳以算路長有名，此詩章法算路長，方能運斤成風，斫漫郢人鼻端，若蠅翼之堊《莊子・徐無鬼》。讀「龍門客棧」，至「換個飯盒，拿一百塊」句，大呼：中計！少見的導演，失笑的鬥智，趙翼《論詩》所謂「到老始知非力取，三分人事七分天。」

八、道場？社團？

陳長清是1981年至1984年的台灣四屆職業賽棋王，本身兼營棋社，通常，他會邀棋社新客人下指導，初段讓三子，博點小彩助興，每次當他下棋時，會有很多人圍觀，曾有一位我平常讓兩子的棋友，剛看完指導棋，與他下，已讓不動兩子，只能讓先，為什麼？因為，陳棋王寓教於行子，他的棋社有道場影子，接著他成立業餘四段以上高段班，更有道場模樣，後因旁騖中斷，他徒弟成立的兒童棋院不能算是道場。韓國權甲龍道場名實相符，曾經該道場合計段數達百段，與AI下電視比賽的李世石即出身於權甲龍道場。

台灣大多數詩社是詩社而不是詩道場，根據我觀察，天狼星詩社比較接近詩道場，但，天狼星詩有其他問題：

天狼星諸子則是主流政體裡的弱勢族群，瞭解自己的「他者性」（otherness），他者的「無權力性」（powerlessness），並把族裔被排擠、被扭曲、被遺忘的感受轉化為論述或書寫，訴諸「我們性」（we－ness）來獲得某種「偽權力」（pseudo－power），以確立身分。

八零年九月瑞安、娥真在臺北被捕，令我、樹林、穿心、川成震愕莫名，他們如此愛台卻以助共叛台罪下獄，也令我對台灣心灰意冷。……我們終於瞭解對中華文化的崇敬，不一定就要成為台灣人或中國人，也不一定非身處兩岸三地不可。身分的流動性，地理疆域實不如心靈疆域重要。馬來西亞華人或華裔馬來西亞人，同樣可以愛護自己的民族文化與民族文學，可以在大馬這塊國土上作出貢獻。北進想像不切實際，真的，與其臨淵羨魚，何如退而結網。

就我的理解，天狼星向外面的世界擺一個「神話的姿勢」的時代已經過去，在一片解魅、解構的聲浪中，天狼星要重現可能需要「重賦魅力」（re－enchanted），那是既浪漫又激情的年輕人才能做到的事。（〈從北進想像到退而結網〉溫任平）

由此可知，天狼星詩社接下來將不以神話，而以歷史與世界連接。

九、戲劇性與戲劇

《論語》〈先進26〉，「子路、曾皙、冉有、公西華侍坐，夫子問志，三人說過，夫子轉向曾點問：『點！爾何如？』鼓瑟希，鏗爾，舍瑟而作。」鼓瑟聲音轉小，鏗然劃斷，捨瑟而起，幾個動作躍然紙上。

《史記》〈孔子世家〉，南子在絺帷中。孔子入門，北面稽首。夫人自帷中再拜，環珮玉聲璆然。子見南子，聖人臉紅。

辛棄疾〈清平樂〉，「西風梨棗山園，兒童偷把長竿。莫遣旁人驚去，老夫靜處閒看。」如在眼前。

辛棄疾〈粉蝶兒〉，「昨日春如，十三女兒學繡，一枝枝、不教花瘦。／甚無情，便下得，雨僝風僽。／向園林，鋪作地衣紅縐。／而今春似，輕薄蕩子難久。／……」詞以戲演，「昨日春」由十三女兒，「而今春」由輕薄蕩子擔綱。

《文心雕龍》〈神思〉，「……故寂然凝慮，思接千載；悄焉動容，視通萬里，……」溫先生運神思，突破時間與空間，不只意象化，且戲劇化，甚至醜化來箴諡、突襲讀者。

> 天濛濛亮，我與圖里琛／走過御花園的亭閣台榭／腳步莊重拘謹，我們／在宮廷搞現代主義／太監碎步疾走，像企鵝／不可能進步。萬有引力定律／得傳開去。我的長短句／晃啷晃啷……音符一粒粒掉落／掉在石板地，地心吸力／對，這比蘋果掉在牛頓頭上／更能引人遐思愜意／／我們矯裝轎夫，抬著華妃／於三更時分鑼梆敲響進入／紫禁城的內宮，赫然發現／養心殿坐著康熙，正在翻閱西方書籍：／科學、醫學、天文、物理、幾何、數學、氣象學、軍火武器／噢，他拿著的望遠鏡，正轉過來，朝我們這邊觀望／圖里琛，快走！（2020年2月24日，《衣冠南渡》227——康熙與西學 溫任平）

莊子・徐無鬼，郢人堊漫其鼻端，若蠅翼，使匠石斫之，匠石運斤成風，聽而斫之，盡堊而鼻不傷。這場清宮穿越戲嘎然止於「噢，他拿著的望遠鏡，正轉過來，朝我們這邊觀望／圖里琛，快走！」，詩人運斤成風，「微言」毫髮無傷。

> 我在班苔醫院前，汽車急速拐右／躲過了一場災難性的腹部手術／昨晚護士說病歷表，不知去向／我小心翼翼，檢視病人的眼睛／地上有一枚用過的靜脈注射器／病人的血壓時而偏高，時而／走低，像十二月驟強驟弱的／風

雨…………………我選擇用／靜脈注射，消解血裡的尿素／一個穿著藍色制服的護士／示意噤聲，叫我睡回床上／她顯然不知，我是當值醫生／／我後來替她打了麻醉劑（2019年12月11日，《衣冠南渡》146——醫院政治　溫任平）

醫院場景，護士、病人和醫生，如果「確定」像椅子的靠背，拿掉靠背，從羅生門進來的人肯定會坐立難安。

小寒大熱，一身是汗／還得吊嗓走臺步／教詩撰文論政，陪太后／在頤和園走九千九百九十九步／風鈴掛著軍機處的噪音／所有的噪音抵不住老佛爺的／幾句口喻，時間蹉跎／才三炷香工夫，內務太監已下令／扙斃五名偷懶的小太監／翁同龢擱下袁世凱寫給／光緒的變法建議，我哪會不知／康有為建議誅殺朝廷二品大員／維新變法，梁啟超還留些餘地／變法維新，如果變不出戲法／我得留下一條汗巾給自己／小寒酷熱，一身大汗／還是快點洗個冷水浴（2019年1月5日1:50pm，《衣冠南渡》077——小寒洗冷水浴　溫任平）

一條汗巾還是三尺綾布？奧義書有一則關於兩隻鳥的故事，高枝鳥靜立，觀看低枝鳥跳來跳去，啄食甜果和苦果，此時此地，靜觀清朝末葉正嘗苦果的高枝鳥是李蓮英？

男人和女朋友的影子坐在／調色盤沙發研究今年的橘色／他穿橘紅，她穿紫藍／他把橘剝開，一瓣一瓣／讓女友咬嚼，後來還把整串／葡萄掛在牆壁／他們其實，應該掉回來／男人應該紅，不宜讓它冷凍／女人是健脾葡萄，不可虛懸（《衣冠南渡》100——pallete　溫任平）

話猶未盡，飛來峰迅速移往斷橋／驚睹方圓一裡荷花倏地落盡／我跳上馬車，漏夜趕回／北京，快馬加鞭，衝進機場／

買到六包價格貴了三十巴的藕粉（2019年1月11日重修，《衣冠南渡》94——出席儒家思想研討會有感　溫任平）

莊子透過人間世的支離疏，德充符的兀者王駘、申徒嘉，叔山無趾等形體不全的人，反襯出「灰身泯智」，溫先生在戲劇化之餘，時而變招丑化如蘆林會的姜詩，甚至醜化如扈三娘的矮腳虎王英，這種洗眼，各感各受，不盡相同，但丑化特別有戲，算是「鬼手」，會有出其不意的效果。

十、中文的長子

……彼節者有間，而刀刃者無厚，以無厚入有間，恢恢乎其於遊刃必有餘地矣，是以十九年而刀刃若新發於硎。雖然，每至於族，吾見其難為，怵然為戒，視為止，行為遲；動刀甚微，謋然已解，如土委地。提刀而立，為之四顧，為之躊躇滿志，善刀而藏之。（《莊子》〈養生主〉）

詩人提刀山立，群璺翹首。

有能成一家之人，始能斐然一家，經在哪裡，人就往哪裡取，誰容納誰？這要看誰有中文的最大容量，要看誰是中文的長子，解決一代問題與解決歷代問題，時間厚度不同，經過橫向整合，中文須與其他語文並存，特別是強勢語文，而這絕對不只是語文問題，印度大頭腦香卡拉集吠陀大成，他八歲上希瑪拉雅山尋師，路遇未來師父問他是誰，香卡拉以一首詩回答他不是誰，這就是生命，而不僅是生活問題。

庚子疫後，世界該往哪個方向移動？人該往哪個方向進化？「行香子」起香，同行者 On the Road（Jack Kerouac），再一杯咖啡，上路／續一杯咖啡，走前（〈再一杯咖啡〉2016年諾貝爾文學獎得主鮑勃・狄倫）（*One more cup of coffee* for the road / One more cup of coffee ' fore I go ）（One more cup of coffee by Bob Dylan, 2016 Nobel Prize Winner in Literature）。我的行囊除了簡單衣物，還有一本，《衣冠南渡》。

2021年3月22日

高塔，Hytower。詩人，1950年出生於台灣省雲林縣。淡江大學英文系畢業，職業專利工程師，平日外接專利文獻翻譯，實際翻譯語種包括英文、法文及日文。退休後，從事文學創作，2005年南投縣政府文化局演藝廳公演之「矸轆王」兒童創作劇編劇，2015年出版「左頰」詩集。網路（新詩路）審稿人，TMP（Taiwan Modern Poetry）首席管理員。

序三：漢語新詩百年——序《衣冠南渡》

專欄作家、詩人／陸之駿

一

讀完《衣冠南渡》六輯170首詩，我馬上傳了一通訊息，問溫任平先生：「老師哪一年出生？」

9分鐘後他回訊：「1944年。」

算了一下，這本創作於2018年6月至2020年3月間的詩集，竟是一位詩人，在74歲到76歲之間、充滿活力的創作。

我近乎直覺想到一句：「70歲的青春」。

70歲以後的詩人不多。

且不說人類平均壽命不長的古代，現代人在70歲以後，多半停筆；即便持續創作，也普遍深陷「自我模仿」泥淖、害怕失敗。

大半生的成就與光環，綑綁著創作，自我設限，裹足不前……。溫任平完全例外。

二

我比溫老師小22歲；他1944年生，我1966年。

我在馬來西亞讀中學的時候，溫任平已經是名滿天下的天狼星一代宗師。

那時，他正和當時馬華文學的「主流派」寫實主義對抗。

我不清楚為什麼左傾的寫實主義，會成為當時（1970年代）馬華文學的主流。

就結果來說，當時馬來西亞的華文文學很無趣。

當時當地的「詩」，普遍缺乏詩意、詩性，有些像口號、有些像歌詞，慘不忍睹，讓人有「不如讀唐詩宋詞還有更有意思」的感慨。

除了回頭讀舊體詩，另一個選擇，就唯有天狼星、《蕉風》是可以獲得「文學滿足」的對象。

在那年代，溫任平主編《大馬詩選》挑戰整個馬華文壇。

甚至來到當時「現代主義」濫觴、強弩之末的台灣，與現代派、藍星、創世紀三大門派論劍。

在他回馬來西亞不久之後，台灣發生「鄉土文學論戰」。其後他弟弟溫瑞安主持的「神州詩社」又發生事故……這些是後話，略過不表。

總之，1973年的台灣詩壇，在溫先生心中，應該深刻留下了一幅「盛唐氣象」。

三

1983年，我來到美麗島事件、美麗島大審後，也是「神州事件」之後不久的、氛圍肅殺的台灣。

翌年1984年10月的「江南案」，卻又奇蹟般推動國民黨垮台的骨牌效應。

我看到的台灣，和來台灣之前、溫任平在文章裡描述的，有很大不同。

我很快被捲離文學活動、停止詩的創作——整個1990年代至2000年代，我不清楚溫先生的文學活動、詩活動；只隱約知道：他寫專欄、研究紫微斗數及寶石，天狼星似乎沉寂。

一直到2000年代末的Facebook時代，我們才在網路世界相遇、重新認識。

四

我和溫老師的密切往來，起因是因為我們不約而同想編一本《現代詩三百首》，作為「五四」百年、胡適《嘗試集》百年的紀念，嘗試為這一個歷史階段，做一個總結。

更私人的理由是：我一直希望能夠有一位詩人（不是文學評論家、文學史家），精選、評析300首現代詩；我認為這將是一本我會放在床頭、隨身攜帶的寶貝，就像《唐詩三百首》一樣。

由於版權太難搞，死的、活的，中國的、台灣的、馬來西亞及其他地區的……，執行起來很困難，《現代詩三百首》計劃失敗。

我們因此改變計畫著手《大馬詩選2.0》的徵稿、編選工作——以及一句沒說出口的話：現代詩起義。

五

因為《現代詩三百首》的編輯構想，我把「五四」以來的新詩或現代詩歷史複習了一遍。

因為是和溫老師一同做這件事，所以我很自然的，把溫任平擺在漢語新詩百年史上來看。

新詩是相對於舊詩的一個概念。簡單來說，形式上就是不受格律限制、使用白話文的詩。

新詩的起源，大致與陳獨秀《新青年》雜誌呼籲的文學改良、文學革命有關。1920年胡適出版《嘗試集》被視為史上第一本新詩集——漢語新詩一般以此作為歷史起點。

最早的新詩，口號雖喊得震天價響，實際上仍然很像舊詩的節奏音韻，只是改用白話，十分膚淺，毫無詩意。

不押韻、著重節奏感的惠特曼（Walt Whitman）的自由詩（free verse）因此被引進。自此，自由體成為漢語新詩的主流寫法（無論寫實主義、現代主義或其他流派）。

以聞一多、徐志摩等人為代表的「新月派」反對自由詩，回頭搞格律，雖然佳作不少，但到了1940年代基本消聲匿跡，未能成為主流。

1937年中日開戰以後，在救國的使命感與大時代動盪中，左翼的寫實主義蔚為主流。

雖然也有李金髮的象徵派等若干其他詩派，但終究淹沒在動亂時代大洪流中。

1949年以前的新詩發展，大致就：「草創嘗試」、「自由詩」、「新月派」、「寫實主義」這四個概念。

溫任平的詩，和這四個概念有什麼關係？這是我思考的第一個問題。

六

1949年以後，漢語新詩兵分三路：中國、台灣及海外。

一開始，中國、台灣及海外，都尚未脫離「抗日救亡」餘緒，即便政治立場不同，大抵仍以寫實主義……甚至口號式的熱血創作為主流。

舉例來說，中國在歌頌工農兵的同時，台灣高喊反共復國——雙方立場針鋒相對，但文學為政治服務的創作方式卻是一樣的。

海外亦大致如此。在當時馬來亞的馬華文學，寫實主義當家直至1960、70年代。

1950年代韓戰以後，天下大勢抵定，台灣開始出現以紀弦為首的「現代派」、余光中為代表的「藍星」以及洛夫等軍中詩人的超現實主義「創世紀」三大門派。這三派基本以「49移民」為主，不妨稱為「渡海三派」，加上台灣本土的《笠》詩刊，1950～70年代，台灣這四大門派，走出了1930年代中日戰爭以降的「抗戰文學」。

這是漢語新詩一個突破性的發展。香港當時也跟上這腳步；從馬來亞到馬來西亞的馬華文學，出現了天狼星詩社與《蕉風》。

溫任平寫詩，大約始於1950年代，成熟於1970年代。

與其說溫任平響應台灣當時的現代詩起義，不如說他在馬來半島，幾乎和台灣四大詩派，同步推翻寫實主義的主導——而中國對寫實主義的反叛，則遲至1980年代朦朧詩的崛起。

從這個角度看，溫任平主編的《大馬詩選》在1974年出版，深具意義；不僅僅是馬華文學史上的意義，同時也是漢語新詩史上的意義。

七

把溫任平擺在漢語新詩史上來看，《衣冠南渡》這個標題的寓意，十分明白。

衣冠，最直接的意思是衣服和帽子，代稱名門望族，衍生意義可以指文化、文明。

南渡，通常指西晉渡江變成東晉、北宋南遷成為南宋；除了政治中心移轉，也是文化中心移轉。

我情不自禁把「衣冠南渡」看作是一種對詩創作鼎盛的盛唐長安移轉的期待。

1980年代我到台灣，當時我一度以為台北是當代長安——因為我知道當時的中國肯定不是——後來我發現台北也不是；我抵達時，鄉土文學論戰已經發生，四大詩派托拉斯不再，少部分詩人喊起本土，更少部分人喊關懷社會的寫實主義，更多的詩讀者，沉吟著席慕蓉千篇一律的情詩。

徬徨了很長一段日子，有十幾年吧，一直到2010年代，我重新寫詩，在網路上看到溫任平的天狼星再起，在偶然的一次隔海對話中，我終於聊到，要在《大馬詩選》40年後編《大馬詩選2.0》。

八

如果1974年《大馬詩選》是對當時馬華文學主流寫實主義的造反，那麼2021年《大馬詩選2.0》，目標就是對漢語新詩百年的造反。

在編寫《大馬詩選2.0》過程中，我這才深刻到：溫任平作為「詩教練」的了不起。

如果只是作為一個詩人，溫任平迄今為止的創作成就，綽綽有餘。但顯然他不甘於此——他每天閱讀上百首詩，包括好詩、爛詩，以及更難搞的及格邊緣的詩，認真評分，甚至提供修改意見。

別小看「評分」這件事。評分留下一個客觀數字，必須有「定見」、長期堅持一定的價值標準，才做得到。

這樣當詩教練，最直接的結果，就是對自我要求嚴格的創作——所以他自己的每首詩，心中都有自己的評分，他清楚知道自己哪一首詩是失敗的、及格的、成功的，甚至可以排列高下順序。一句話：他的詩創作，是有意識的，而非全憑靈感的無意識行為。

我稍後更了解到，即便不在編輯《大馬詩選2.0》期間，他一生大部分時間，都對詩如此高度關注。漢語新詩百年的反省，由他帶頭現代詩起義、現代詩再現代化，確實不作第二人想。

九

閱讀《衣冠南渡》或許不只是閱讀一本詩集，而是閱讀溫任平作為一個詩人、一位75歲在生命顛峰的詩人。

我曾跟溫先生開玩笑：《衣冠南渡》，我讀完感覺像2018年6月至2020年3月期間一份報紙的社論。

他竟大方回答：是的。

這本詩集對這段時間的時勢，多少著墨，但抽離這時空背景，仍然是好詩——這正是詩人溫任平最厲害之處。

十

我的結論只有一點：期待溫任平的下一本詩集。

我由衷祝福他創作不懈，更期盼參加他現代詩起義的隊伍。

忝為序。

陸之駿，1966年出生於芙蓉，1983年起居留台灣。早年與楊渡編《春風詩刊》，追隨詩人林華洲辦《前方雜誌》。出版作品有詩集《不等》（2015年）、《陸之駿飲食隨筆》（2017年），主筆《台灣桃園農田水利會百年誌》（2019年）。近年在網媒《上下游》寫飲食專欄、《Buzzorange》寫政論專欄，曾創下文章瀏覽人數235萬紀錄。詩作全部發表於網絡個人臉書。

目次

第二輯：華山七十二峰

第三輯：煙霾

第四輯：染髮進城

第五輯：從這雪到哪雪

第六輯：靜觀雪崩

第一輯

玄奘烤餅

百年五四

醒來發覺尿少帶黃，難免不安
陽光吶喊著闖進書房
所有的舊雜誌，都可能是
當年的《新青年》，所有的
圖片，都可能是當年的示威海報
一九一九年到二零一八年的底褲
等著檢查驗證
究竟有沒出現陽性反應

一粒小石，嘭一聲
掉進馬桶

2018年5月4日

中午有詩

近午，無端想起亡父
想起端午。佇立危崖
形容疲憊，衣袖迎風
亂髮驚雲，浪碎開
松岩一日成千古

想起天問惜誓與九歌
想起一群人圍在菜市場
撿肉粽與菖蒲

開齋節的前一天
每條回鄉的路都堵

2018年6月14日（戊戌年五月初一）

玄奘烤餅

你提九九八十一難
貧僧心裡發慌
最後一難是甚麼？
本來佛與未來佛
相距多遠？
初暮是薄暮
那個深刻？那個
浮淺？浮淺是否強似
深刻？

徒兒，我有三個
他們的本事，我都闕如
我是師，也是徒
也是那匹從磨坊帶出來
一逕向前走的白馬
那麼就向前走吧
在前面烤個餅，一起唸佛
參悟烤餅的七十二種變化

2018年7月3日

楚漢

人在秘方，方寸大亂
蒼苔污垢，不知何時
與老人斑企圖爬上我
鐵鑄的臉，我聽到
呼然一響

蛋糕跌在地上
發出它不該有的聲響

楚漢對峙，四十載於茲
人生一瞬，他成了巨俠
我成了社長
劉邦項羽的爛尾數還要算？

2018年11月22日

新紅樓夢

帶上墨鏡，我便去到未來
鬍鬟分兩邊，我便是寶玉
歷史我看透，情愛
令我消瘦，在紅樓
打開向西的窗
你會看到，永遠燦爛的夕陽
晴雯在雨前的晴天刺繡
寶釵頭上的釵全不見了
我在等襲人，她打了人

2018年12月3日

一念成詩

寫詩要信手拈來
把文字又搓又捏
姿態，中國式的搓湯圓
手勢，甩到半空讓它盤旋
一頭栽下成印度煎餅
這樣才有外國風情

所有用過的方塊字列隊出來說：
老大，我們承認
而且，了解，自己
原來是詩

2018年12月1日

吉隆坡，吉隆坡

吉隆坡，如果你掩著耳朵
它靜得像空曠的足球場
吉隆坡，如果你閉上眼睛
它只剩下空氣中的二氧化碳

吉隆坡，如果你停下來
所有的人物與景象
宣言與記憶
它們被忘卻得特別快

吉隆坡，如果你靜下來
它們就菲林般倒退
走進火樹銀花
繁華的燃燒，燃燒
直到部長聞訊趕來
告訴大家：膠杯蓋個傘
哪怕大雨滂沱雷電交加

2018年12月3日

兩個愛斯基摩人

明天才是節令大雪
愛斯基摩人在冰屋
把二十四種雪，一系列排開
星光點點，一點點掉下來
你說星暉不夠熱，我假裝中計
開了爐火，雪塊裡貯存的
歡笑吵鬧，追海豹，找雪橇
石頭雕刻，移動面具，捕魚手藝
像翻動書頁，火光刷刷的響
冰屋與歷史開始溶解
我們的祖先是西藏與蒙古之間？
我們的文化在匈奴與契丹之前？
你盯著本文
我追查附註

2018年12月6日

郵局

你向自己的影子鞠躬
告辭，告退，告別
禮拜六你有遠行
留下重磅的行李

我一直等你的快郵
沒想到你連海郵也忘了遞
不要緊，我仍會去郵政總局
排隊等候包裹，輪到我
就讓給後面等候的人
享受他感激的眼神
我會微笑，微微鞠躬
他必然予我更感激的一瞥

然後…我又再排隊
讓位，微笑換來感激
傻瓜那麼沉默深刻
周而復始，不管天色昏暗
不管地老天荒

2018年12月6日

一二八感恩勝利集會隔天

九時半的新聞報導
提到路滑，不可取
陸佑路淹水，燕美律有魚
三輛載滿乘客的巴士
正在設法繞道，都在爭取
時機，在洪水肆虐之前
把人們送回家裡

鴿子把露台的辣椒籽啄去
啄走民粹主義的情緒

2018年12月9日

二二八勝利集會反思

這麼大的雨，我不知道能否
走出去，上車，而不被淋濕
走廊遍布鞋印，人都走了
外面穹蒼掛著的月亮
其實是咖啡廳的燈光

擁擠不堪的不是車輛
擁擠不堪的是思想

要去疏導，得下水道
五公里涉水而行
這麼大的雨
這麼瘋狂的事
七十老頭能否做到？

2018年12月10日

青玉案

古玉一塊，碧海藍天展開
妳在鑒定，我在鑒賞
風花雪月，噢，扇的摺疊
放大鏡底下檢視，看到
月圓花好，菖蒲，夾竹桃
不怕夏天炎熱，冬天苦寒
一塊古玉在我心裡深藏

傾斜身子，仔細端詳
哪是峨嵋金頂，金光隱隱
磨垢拋光，像貓的眼睛
手藝如何，豈可妄自評議

古玉一塊，不要嫌棄
讓我把心中那一塊，摘下來
送給妳

2018年12月14日

冬至戀歌

發出一則微信，告訴女友
冬至要到，要準備好
手套與雪橇
我們互擲湯圓
人在寒冬，熱情洋溢
燙一下，縱使可能受傷
燙一下也好

2018年12月21日夜晚11時

冬季奧運

冬季奧運會的滑雪選手
離開機場，去到旅館
他從沒看到那麼多美女招搖
他從沒想過那麼多人在拍掌
比賽未開始，就結束？
比賽在籌備，就有了結果？
他不要儀式，不在乎勝利
他來自北緯三十八度的
邊界，是平昌的兄弟
平昌兄弟是朝鮮的兄弟

2018年12月22日　冬至　下午2:18
Mr D.I.Y.

一覺醒來

凌晨一時半上床就寢的感覺真好
彷彿以前沒有睡過覺
沒人教我怎樣睡覺
現在一下子懂了
一下子開竅
提早到十二時
（我聽到心跳）
提早到十一時
（the night is still young）
提早到十時
（I must be crazy）
那是修行漸進法喜充滿的
神仙之道，夢中會出現
三百童男童女
雞犬相聞的蓬萊仙島

2018年12月26日清晨九時

刺王安石

神宗三年，聖誕次日
繞道入京，我是兩名刺客的
其中一個。我一揮手
可以同時出招六式
連飛過的蚊子都逃不過

潛入王府，絕非易事
在溝渠石板底下，錦衣衛的
繡春刀光一閃，我即擲出薄刃
那廝摸著咽喉，盯著積雪飛簷
我斜掠過去，在屋角砍下
東廠鎮撫司，頭顱
墜下之際
介甫返邸

王安石，一步跨進院子
神行如電，他把青苗法
擲過來，漫天飛舞的稅率
從GST到SST
我從頭到腳都布滿鐵蒺藜
我高聲喊道：
太捧了，太捧了……
我的刺客同夥在我後面
搭著我的肩，五指
迅速扣緊我的琵琶骨
把手舞足蹈的我
捧起，輕輕放在大牢裡：

「宰輔大人吩咐，切記切記
給你準備豐富的日本料理。」

2018年12月26日　1:26pm

晨起記事

晨起，坐在床沿
知道某些事情發生
知道時光隧道就在前面
二零一八年往後飛逝
手錶的時間停在八時十五分
交通繁忙的尖峰

行人在車子停下那一刻
魚貫走過馬路，後面的
開始小步奔跑，他們追求
甚麼？二零一九年就在前面
坐在床沿可以清楚看到
他們一個接一個，走進
邁斯風格的玻璃辦公大樓
所有的人，在仲冬的風中
微微顫抖，世界不會因為
一隻手錶的停擺而停擺
坐在床沿，他看到
所有皮鞋革履
上面都有塵埃

2018年12月31日・年度最後一首詩

歲末紀事

手錶的時間回到四點三
換了電池，可以走快走慢
我覺得這樣子很浪漫，店員
冷冷的告訴我，今天做半天
他要收檔，我不無羞愧的
回到家，羞愧
是因為手錶已不再防水

「雨天，先生你可以淋雨
手錶得遮風避雨，買把傘
老先生可是來自舊金山？」

2018年12月31日・年度最後第二首詩

族裔文化交流論述

我在咖啡廳與馬來女侍應談得很好
她說我的國語，一天一天飛躍
只是我每周只來三次
埋首文字，自顧自說話
（她不知我用語音打字）
她建議：我教她漢語
她一一教我馬來語，然後
以雌雄雙俠的姿態
於馬華文壇與馬來文壇奔馳
這主意好極了，簡直是奇遇

我一口氣買了三部馬來辭典
新年前夕，虔誠前往秘方學藝
咖啡廳的經理告訴我，該名女侍
這些日子是在實習
她感謝我讓她在最短時間
學到人類學與工商管理
她永遠不會忘記我和
marble cheese的關係
不甜不膩，想到都會笑
我的牛奶與糖，兩者皆不足
講起話卻信心十足的馬來語

2018年12月31日・年度最後第三首詩

二零一九年卦象

用黃金比例，把社會分割
成一間屋子的形狀
用到了神奇數字
有一點八卦，不那麼
八宅，一點也不飛星
一半給銀行，四分之一
給睡房，八分之一是
吃喝拉撒的
地方

弧線與弧度在幹啥？
蝸牛的殼，天羅地網的彎
黃芽白那樣稚嫩的心臟

那是李淳風隱藏多年的
臂膀，那是費氏數列
那是有點拗口的1.61803

2019年正月2日・重修

酆都城

抽身離座，風雨開始來
站在走廊，百無聊賴
還是退回咖啡店吧
剛剛自己才從那裡出來
帶著剪報，沉沉的手提袋
再走進去，十分不好意思

一腳跨出去，就跨進水裡
跨進世界的盡頭
哪兒沒有鄉愁
遠處的霓虹倒映如夢
近處的交通燈才是現實
再遠些是酆都城
矗著人間的盒子大樓
承受煙雨，承受
潮濕的人間憂愁

2019年正月3日・凌晨四時

我對園藝沒興趣

爹，你別送我去學園藝
我吃豆類水果蔬菜，沒問題
你訓練我，鋤了七天的耕地
去種蕃薯、白薯，都沒問題
種出來的像豆薯與馬鈴薯
就有問題。爹，我的問題
是因為我沒興趣

爹，我的兩手都生了繭
肉繭生在五指下端
我用生了繭的八根指頭
彈六弦琴，單足跨桌椅
說有多cool就多cool
引吭高歌，聲傳千里
就是無法唱一九八四年註腳
與華晨宇，爹，我對園藝沒興趣
你提的盆栽展覽我會去，順路
帶幾盆最蔥綠的去醫院給你

2019年正月3日 · 2:15pm

小寒洗冷水浴

小寒大熱，一身是汗
還得吊嗓走台步
教詩撰文論政，陪太后
在頤和園走九千九百九十九步
風鈴掛著軍機處的噪音
所有的噪音抵不住老佛爺的
幾句口喻，時間蹉跎
才三炷香工夫，內務太監已下令
杖斃五名偷懶的小太監
翁同龢攔下袁世凱寫給
光緒的變法建議，我哪會不知
康有為建議誅殺朝廷二品大員
維新變法，梁啟超還留些餘地
變法維新，如果變不出戲法
我得留下一條汗巾給自己
小寒酷熱，一身大汗
還是快點洗個冷水浴

2019年元月5日 · 1:50pm

臘月初四南京下雪

南京下了一整夜的雪
十天後才是大寒
臘八三天後就到
釋迦牟尼成道
我決定釋放自己
玩雪，擲雪球
坐成雪人，眼睛
空洞無物的看這世界
寶玉隨著一僧一道走了
我不要走，我要成為
小孩，我要擁有
該記得、更該忘記
的寒冷的，記憶

2019年元月9日

崇禎醉酒

妳一逕上樓，不許回眸
紅樓群芳，妳如碰觸
瓢瓣，必將片片，抖落
從乾清宮到坤寧宮
落英繽紛，豈容踐踏
微信無言，朕見妳時
步履蹣跚，人已微醺
我的太陽是向日葵
嬤嬤宮娥如何收拾

2019年元月11日

尋找林泠

這是一本我始終找不到的書
幾個人，火柴似的豎著
有成人有小孩，感覺有陽光
幾條狗，一隻腹部長方的牛
屋子有正面，有側面
屋頂是圓頂，有些只打個叉
我始終不曾翻開扉頁
一直想不透
那穿紅裙的婦女
急得要跳腳
她也在找著我要找的書嗎

2019年元月12日

Secret Recipe 高峰論壇

創歷史新紀錄。川普總統已宣布不出席達沃斯高峰論壇。我今天決定面覲神宗，提出自己搞論壇，要求皇帝前來秘方會聚。當然少不了邀請王安石。我有WhatsApp司馬光，共書僮謂老爺眼睛老花，看不到上面的字。

下午四時至七時
在秘方將帥廳
介賓與我和趙頊談的
無非是家國大事
我精於先秦兵學
王精於課稅之法

國勢偏弱的北宋
仍佔全世界GDP的28巴
神宗一字一頓，直言：
「是你，王安石
留意現代會計
稅務系統與現代科技」

「是你，溫任平
留意到太極陰陽的
魚形渦漩，一個月前提醒
極牛之地出現初熊
極熊是初牛之母。」

2019年元月12日 · 8:12pm

秘方：找個牆角靜靜睡去

如果不是因為擔心連累無辜
他會選擇秘方作為棲息的地方
這兒的四張沙發與中間的長几
對他都有感情，而他視它們
為桌椅，供斜倚，思索
計劃在什麼時候完成工作
什麼時候，向大家說拜拜
然後靠牆，找個最舒服的角度
憩然睡去

在秘方他討論過國家大事
大手筆的重大投資攻略
向客戶建議過離婚、創業
（留意兩者策略的相似？）
向客戶建議賣掉整棟大樓
建議客戶忍聲吞氣，建議
客戶策略性撤資離職
部署鄧小平式的東山再起

他其實很累，所有的勝利
歸功於勝利者，他靜立
在比較遠的角落，拍掌
他微笑，其實是不動聲息
向主人請辭，握手
致意，近乎謙卑的拱手
告退，然後駕車回秘方

為另一個集團，策劃另一場
惡意收購或黎明襲擊

他其實累了……

（臘八，傍晚六時四十五分）

第二輯

華山七十二峰

臥底看王安石

刺王失敗，天下鼎沸
一大盤熱粥，在大街小巷
流竄，燙傷文武百官無數
我是東廠督主，一身武功
無意江湖，用心社稷
做個高階臥底。天機子的
兵器譜，已製成hard disc
供上雲端備用，獨缺每發必中
的小李飛刀一把

一個跟斗，攀上萬卷樓
恰值神宗與王議事，宰輔侃言：
「豈有聖世而殺才士者乎？」
蘇軾詆毀趙家皇室一案
王安石認為東坡被誣
吾乃幡然憬悟
沒有每發必中的小刀
沒有說團結就團結的膏藥

2019年元月16日10:55am

讀史：輕觸

Always together forever apart.

讀史令我神傷
回去唐宋吧
英明的唐玄宗，走到一半
走進來，浴後的楊玉環
就開始沉迷腐爛

不如回去殷商
學習醫學、學習頭盔製作
學習各種盤髮的造型
還有，學習怎樣造船
讓二萬士農工商
在公元前一千三百年
渡過黃河定都於殷
栽根於今日河南安陽

2019年元月28日

狗的憂鬱

我允許我自己憂鬱，不允許
我的狗憂鬱，牠脫毛，向天空吠叫
鄰居忍受不住這種喧囂
路人甲乙丙丁，揣摩我在虐畜
有人會去市政廳打小報告

2019年元月29日

文學批評

大雪下了一晚，年廿八
早上六時起來，用水吞服
四種藥丸，毫無睡意，也就毫無
顧慮。我在房裡學舌齊豫
唱她的飛鳥與魚

如果歌詞，由我撰寫
鳥與魚將盡去，這兩種動物
在詩的書寫，漸成套路。還有
貓，也是。白貓黑貓
在現代與後現代詩
頻頻出沒，頻頻出事

只有月亮風雨與雪
歲月悠悠，情景交融
總會用得上，永遠不缺

讀者要知道：
月亮是否代表我的心
讀者要知道：
風雨故人究竟來不來
讀者要知道：
雪是否在妳心裡下著

2019年2月2日．早上九時

立春

我聽到春天竊竊私語
它在聯絡花草樹木，密謀政變
推翻陳規惡習，打倒老朽專制

花們伸了一下懶腰
花瓣用唇語
告訴世界，美的可能
愛的可能，漫山遍野
群花一起嘩笑的可能

2019年2月4日　10:38am

致 Winnifred Wang

上英文課，名詞動詞受詞都講了
詩躲在適才授課漏了教的
副詞形容詞瑣碎的片語裡
平上去入太多，妳把它們
極簡成極限的平仄
意象於是有了眉目

妳埋怨沒有夢，有夢也忘記
夢與夢想一樣，追蹤的是
金句，葳妮，帶著薄荷味
的憂鬱，是因為
傷心不是因為傷風

2019年2月5日 · 初一第一首詩

一瞥

周夢蝶說：「詩乃門窗乍乍開合時一笑相逢之偶爾。」

那驚鴻，何以受驚
你飛的速度太快
我還來不及反應

在偶爾的隙縫間
我聽到你的聲音
咣啷啷，咣啷啷
風吹草動，屋頂出現
人影，屋裡的人趺坐
——修行

門窗乍開，乍合
相逢閃電一瞬
笑容若隱若現

年初一・第二首詩・11.37pm

延誤

妳怎麼可能把一滴淚
初一貯在眼眶，初二懸在睫毛
初三才讓它緩緩掉落
經過臉頰，來到下巴

（遲到的飛機，遲出來的行李）

妳的雙唇，就這樣看著
淚花從蘊蓄、綻開，到放棄
看著地面的塵埃，接受洗禮
是塵緣未盡，未能盡？
是所有的花，包括淚花
都必須回到孕育它的大地？

（公巴開走了，妳得叫德士）

2019年2月7日・初三

出席儒家思想研討會有感

俯瞰地上的薄陽
晨靄退卻，留下漸冷的西餐
那一年，我坐馬車來到
古意盎然的庭院，訝異
與會的學者大多穿深色西裝
白髮耆老來自孔子學院
與中國人民大學哲學系的教授
比拼誰在初冬吸最多的煙

我是來自大馬的子貢
提呈論文，敲打儒家的義利觀
還未赴京，即曾飛鴿傳書
印證於成思危、溫元凱
證指2500點可掃貨。肯定否？肯定。
二零一六年九月晚秋
我坐在西湖第一廳
提醒陳浩源上證全力北進

話猶未盡，飛來峰迅速移往斷橋
驚睹方圓一里荷花倏地落盡
我跳上馬車，漏夜趕回
北京，快馬加鞭，衝進機場
買到六包價格貴了三十巴的藕粉

2019年元月11日．重修

中美貿易戰：最新消息

我不知道為何與袋鼠打架
競爭是公平的，我們都沒有戴手套
競爭是不公平的，牠比我長得高
世界上本來沒有絕對公平這回事
一來一往，直拳左右勾拳
我們都臉青鼻腫
我們都沒把對方打倒
我們決定簽份友好協議
牠打我，我不回手
我打牠，牠轉身就走

中美決定對話而不是打架
二零一九年三月一日，特朗甫
習近平，老遠就互約喝下午茶
研究減息降準，四度量化寬鬆
兩國貿易摩擦的消息
肯定是網絡媒體做假

2019年2月12日

石蒜花開

石蒜花，你的名字
是曼珠沙華，花葉哪麼接近
花葉爭妍卻不相見
綻開的是前世今生的記憶
像祈禱的手掌，像鏟雪
偶爾鏟到的幾絡陽光
我要求的不是抱抱
在大雪紛飛的河南
你可以紅，可以橘黃
請回眸與我一起觀賞
自己的繽紛與燦爛

2019年2月14日

二月十六日記事

今日剃鬍，下巴竟然
泌血，痛，微微的，可以
忍受。沐浴時
痛楚強烈，了些。傷口
癒合得慢，花灑
的水花快。瀑布
濺起點點鮮紅。我跳出
浴缸，裸著身子
想找一塊棉花敷貼

偌大的房間，偌大的床
偌大的衣櫃，走出來
一隻徬徨的蟑螂

二月十六日記事二

血的聲音，生命的真實性
它的流動性，使我想起
理性與感性的交流性
還有作為一個男人的
－－男性

八十年代留的
髫鬚，一九九零年某月某日
一揮刀，剃盡。五官頓時孤苦
伶仃。戲臺上的大老倌
在惹蘭亞羅，唱獨腳戲
燈火闌珊，影影綽綽
竟是六十年代年輕的愛戀

碎片散落，碎屑是
一個個女孩的笑靨
我看到舊情綿綿征服
吉隆坡人的心，胭脂扣重演
十二少在戲棚後面小便
如花一閃身，走進二零一九
一間偌大的房間，偌大的床
她看到一個裸體男子的身影

2019年2月16日

春醒初醒

常怪自己日高晏起
春醒初醒，深宵不眠
讀朱明，十六帝
國祚二百七十六載
人生不滿百，只能回到過去
把現在與過去加起來
人生才比較結實有趣
歷史啊歲月最難統計

三十五年的建築，怎樣變
仍是老建築，必須修復
電線要換防短路
水管要換防銹蝕

七十五載歲月，是老家具
搖晃不定，姿態像搖滾
崔健的一塊紅布
唐朝的獨上西樓
心情像衝浪
心思亂如絮

2019年2月17日

Pallete

男人和女朋友的影子坐在
調色盤沙發研究今年的橘色
他穿橘紅，她穿紫藍
他把橘剝開，一瓣一瓣
讓女友咬嚼，後來還把整串
葡萄掛在牆壁
他們其實，應該掉回來
男人應該紅，不宜讓它冷凍
女人是健脾葡萄，不可虛懸

2019年2月24日

初春勃起

清晨初春勃起
湖心盪漾，漣漪圈圈
伐檀坎坎，聲聲入耳
撩亂每一顆垂暮的心
老人荷鋤去
老人種田去
順道市廛，恣觀風景
然後占個馬前卦
他們想知道，三月二
補選的結果，最後勃起
才是真勃起，乾卦二五
爻辭：利見大人
令人感動欣喜

2019年2月28日

雷鋒驚蟄

驚蟄無詩，舌頭打結
雷鋒明天就走過山路
柞木捍子倒下剛好砸中
他，他的頭部，砰的一響
他的故事迸爆成年輕人的榜樣
欽佩之餘，一度想把關於他的
動畫、動畫片、標語、勵志語
煮成一鍋肉湯，加點油鹽醬醋
整碗喝下去，驚蜇無詩
蟲豸都躲在雷鋒摞滿補釘的
襪子。春寒料峭，浪濤千尺

我抹了抹正在長出來的鬍渣
站在長江，面向曩昔之長安
對著空曠的地圖，無聲的笑

2019年3月4日

華山七十二峰

站在華山七十二峰，回首
前塵，一天雲絮，雲林縣的
上空，一架沒人駕駛飛機
斜掠而過，學生驚喜的
衝出去，追逐童年
風箏與飛禽的不同
風箏與飛機的相同

他站在華山七十二峰
緩緩轉身，亮出了劍
弟子七人，他們吃太多糖
五個有糖尿病，過六十峰
與蝸牛競走，群山環繞
群星閃耀，群島海嘯
天翻地覆，細看張三豐
竟似放下劍，專攻嶺南洪拳的
玉樹臨風，顏值爆表的黃飛鴻

2019年3月7日

童話

愛情原來是句髒話
所有的承諾，一夜推翻
沒有人會救你於水火
在金木土上面烤著蔥油麵包
哪是拿來送蘑菇湯的
用來沾新加坡咖哩米粉
它們會發漲，只許輕沾
不可浸泡，否則麵包片
都成了糊狀。想告訴你
我不再喝咖啡滲水
我喝水滲咖啡，觀念互換
生命形態翻轉。沒有告訴你
因為沒有必要，不再講故事
記得安徒生賣火柴的小女孩
最後的溫暖也就夠了
最後的微笑不難猜著

2019年3月31日

潼關

十月退守潼關，老弱病殘
只要是兵，便得作戰
畢竟是先秦迄今的
兵家必爭之地，哪時
應該是秋天，柚香
洋溢，荷花應該落盡
淹沒在水中央，過久
蓮霧霉掉，斷梗橫湖難過
南依華山秦嶺，北望黃河
千載一關的潼關
曹操佈下的天羅地網
進可攻退可守，守不住
兵書地圖方略幾曾靠譜
守不住，溺於黃河瀑布

2019年4月1日

這一生會過去

不見面，一生即將過去
也不用孟婆湯，兄弟
我們註定在洶湧的
江湖，相忘，相濡以沫
其實是兩個老人的唾液
在癟了的口腔裡打轉
過得了秋，捱不到冬
我們的腳踝扭傷
哪一天會痊癒，出院
哪一天，你在哪裡

對了，哪一天戲院散場
兄弟，我好像看到你的側影
二十五年前的形貌沒有變
倒是觀眾寥落，戲院上映什麼
無從得知，第二天我回去找
戲院竟成了超市，人聲鼎沸
大家都在演戲，主角配角
好人壞人，全都在跑龍套
跌跌撞撞的，竟是
當年健步如飛的我們

2019年5月7日

看戲

十年睽別，戲院的布幕仍是紅絨
我穿著皮鞋，緩步走進去
前低後高，椅墊稍凹
我坐下，她也坐下來
我握她的手，她搖了搖頭
要我用心看戲，看老黃忠
擊敗張郃，腰斬夏侯淵
百年電影，從啞劇定軍山開始
從黑白到伊士曼七彩
一九零六年魯迅從幻燈片，看到
中國人被斬首，同胞圍觀
無動於衷。百年之後，所謂
炎黃子孫，仍舊是一群庸眾

2019年5月18日

己亥端午

端午不可提菖蒲
提夾竹桃無妨，雖然
大家會覺得不夠莊重
有點無趣，本來應該吃粽子
你卻對著奶茶三文治
叫多兩粒生熟蛋吧
你需要補一補
才有力氣誦唱離騷惜誓九歌
你的聽眾是市井閒人
路人甲乙丙丁戊
他們是群眾，他們是人民
你的嗓子如驚濤拍岸
可以扶起一個政權
可以震垮一個政府

2019年6月7日。端午試筆第二首。

晨起驚聞兩宮焚毀

回家路斷
洛陽毀於董卓
南北二宮被焚
兩百平方公里
無雞犬人煙
延綿不絕的是廢墟

初平三年，呂布殺董卓
李傕郭汜於長安擁兵互鬥
歷史何其殘忍
李郭聯手可以打造
盛世，主辦第一屆奧運
曹操哪來得及挾天子令諸侯
領司空行大將軍之實

回家路斷
長安難守，退守許昌
回家路斷
呂布投靠劉備
他的不雅光碟，一集
二集、三集，迅速流布
漢獻帝劉協禪位
曹丕篡漢登基
回家路斷
三十九歲的魏文帝薨
建安七子哭了七天七夜

2019年6月26日

魚腸劍

公子光在市集
佯裝與小販議論刀劍
看往來車馬，匆匆來去
斟酌詩與劍如何合璧
斟酌要買哪尾魚
放進魚腸劍
擔心魚洩露了痕跡
魚必須與劍合璧
……他走進海裡

發覺海外竟有六千萬大小不一的魚

2019年7月1日

水落石出

……於是攜酒與魚，復游於赤壁之下，江流有聲，斷岸千尺，山高月小，水落石出，曾日月之幾何，而江山不可復識矣。……

——蘇軾〈後赤壁賦〉

簷前滴水，他才想起這兒
不是竟陵之東的復州
不是士毛月以北的黃州
江夏西南，找不到莎阿蘭
簷前滴水，竟感覺雨勢
醞釀，風雲猶疑，舞雩千里
來時看不見路，有一種憂鬱
竟似江夏西南的赤壁
廿六萬南下荊州的魏兵
被吳蜀五萬聯軍擊潰

哪一年，大火一路延燒
哪一年，曹孟德大敗
於此，目光如豆
看到火光，誤以為
是冬季偶現的螢火
東風著意，躲在水裡暗處
波濤浪花漣漪在搖晃
有一種憂鬱，使人遺憾
使人難過，使人難忘
使人難堪

簷前滴水
水落石出

2019年7月4日，凌晨12.50草稿。陳明順告訴我，雪隆富貴集團有三處。我不由得想起赤壁在湖北省亦有三處。赤壁之戰發生於長江赤壁－烏林，並非東坡居士前後赤壁賦的黃州赤壁。7月4日10.30am，修改詩的最後兩行。出來吃早午，又作修飾。

從黑到白的城市距離

當你與我分享冬季的黑，與秋季的黑的異同
我們一伙六人距離電梯僅二米之遙
瞬間打開的電梯，風從裡到外
一千隻紙鶴，靜靜飛過麥田
我分不出蜻蜓半透明的翅膀，屬於哪一季
它的不語與我的無言，寧謐如退潮的海灘

貝殼蛋糕原來有餡，卡爾維諾在看不見的城市看到城市
泡沫不知自己在哭泣，浪花不知自己是花
獨處的時間忘記時間，樹木的地下網絡與樹梢等高
石頭記裡的石頭，它們存在
面對歲月摧折，忍受熱力壓榨
它們沒有天堂與地獄的觀念
碳原子，與另外四個碳原子相接
構成堅固嚴密的三維結構
結晶成純碳、堅強的金剛鑽
從黑到白何其神奇，何其容易

有人哭著回家，因為網購到的電氣石沒有電
有人大怒投訴，消費者協會無暇兼顧
田村正和辭世，沒關係，導演演員設計師來來去去
約翰藍儂被槍殺，一九八零的事，活了四十歲現在還活著
他在走廊走動，沉浸在生死大哉疑的哲學漩渦裡
學員魚貫在他身邊走過，進入講堂
他拿著講義，考慮著是否應該告訴大家
摩氏硬度十度是怎麼一回事，打坐冥想凌空而起合不合理

2019年7月4日。下午七時

晴雯折扇

從來，我從哪裡來？
現在，我還有多少現在？
一九四四年，一眼望去
哪些山哪些河，村落與民舍
閱人閱世，半個世紀的
嘈嘈切切，誰了解我？我了解了誰？
茜雪抱琴入畫，晴雯折扇真的搶戲
襲人在平行世界與我雲雨，藕官小螺
妳們這些奴才去了哪裡？
現在的我不再是我，我回不到從前
從前是我的最愛，歲月如歌，日子
彈指而過，青春供我揮霍
一九八四年註腳，六行詩
三個譜曲的人，都住在SONY錄音帶
音質年久走樣
沙啦啦，畫面是雪花
降落在你我狂歡的樓閣
沙啦啦，沙啦啦，錄音有問題
還是仲夏的驟雨？
枕頭濕了一片，是汗水還是淚水？

從來沒有現在，現在是我的重來

2019年7月10日。初八。凌晨一時草稿，早上起來，十時半重修。

衣冠南渡

孩子，官渡之戰湮遠，我們一家五口
在匈奴鮮卑羯羌氐鐵騎，席捲中原之前
越過長江三峽，前面是路
行人扶老攜幼，孩子，不要多話
向前走，不要遲疑猶豫
不要東張西望，不要胡思亂想
袁紹四世三公
家世顯赫，多謀少決，用人多疑
十一萬大軍那及曹操的四萬精兵
不要把歷史看得太嚴重
一逕往南走，這就對了
袁紹強攻，我們是走一步算一步
永嘉之亂，五胡亂華，八姓入閩
深圳廣州在左，九龍香港在南
孩子，不要邊走邊跳
一個不小心從香港跳到福隆港
我們的後代子孫就得在哪兒繁衍
倉皇出走，斜睨綿亙十里的殘荷
驚悟，我們是過河卒子
放下峨冠博帶，收拾細軟
攜帶雨具拐杖，走向南方
沒有回頭路

2019年7月10日。晚上7:45pm

隧道

涉水三尺，我跌入無明的隧道
比井深邃，前面是無盡的黑
走著走著，錯覺自己走向
世界的盡頭，哪兒有一個人
在等我，我甚至知道他
等了我好幾個世紀

頭上的照明燈
照亮地面的水光瀲灩
倒影像利劍的鋒芒
我的一生，是沉默溫靜的
劍鞘，鐫刻了龍的圖案
魚的鱗片，魚等著回家
回到揮灑自如的大海
已等了好幾個世紀

2019年7月10日。晚間10時

忐忑香港行

飛機降陸，心情如履薄冰
一邊閃躲黑衣人與白衣人的糾纏
一邊想像傘陣的百花綻放彩色多樣
看起來像大陸人？香港人？不，我是馬來西亞華人
能唱粵曲，經常盤桓在任白當年常去的茶樓餐館
如果我不小心說了個英文單字sorry，不代表我怯弱，不等於我很洋
正如非黑即白的雙方都用DLMH問候對方的母親
並非那麼惡毒，只是一句罵人的、很有口感的口頭禪

讓我拉著行李箱前行。中華民族，到了最危險的時候
請讓我攜帶行李前行。別把哪隻烏龜貼在我大衣的背後
請讓我攜帶行李前行，別讓這個流動城市墜落淪陷

2019年8月25日

跨越

前世的九十次回眸，換得今世
三次錯肩而過，最終同坐秘方
全程對話，大家都爭著發言
過去累積的雨量和語量不多
長話短說，短話不如不說
目光交會，火花瞬間亮起
玻璃窗外，下著悄悄的雨
一個世紀過去，另一世紀開始
心要是老去，三十歲已是老頭
心不老，七十歲仍能飛身躍起

2019年8月27日

第三輯

煙霾

吉隆坡AQI 202

遠山含淚，可是不見輪廓
遠景含笑，那是苦中作樂
有朋自遠方來
約我喝早茶吃點心
把車子駕出去
一路迷路
糊糊塗塗
去了蓬萊、瀛洲、方丈
才知道神山全在渤海
比鄰山東省青島
吉隆坡仿似
美麗的煙台

2019年9月16日

吉隆坡AQI 219

日月無光，吉隆坡的AQI來到219
前天還是202，八月十八的月亮
幽幽的亮。今晚的
月華，我不敢想像
地球，地老天荒在運轉
心無所恃，無礙無恙
學生手牽手鏈接成框
包圍著，還是護衛著，香港？
香港像不像明天的台灣？
我們都在追求夢想
夢想偉大在於它的不能實現
夢想偉大在於它的荒謬性

正如民主、法治的不能兩全
正如民族團結，最具排他性
只有天空坦盪盪
燒芭的火
越過馬六甲海峽
墨化成煙
春泥成沃土

全城學校停課
孩子雀躍，大家不用上學
小小夢想，如願以償

2019年9月18日

雙城記

看來我們是回不去了
家，那麼老，怎樣依靠
沒有成員的家，算不算家？
沒有流水的河，像不像河？
沒有葉子的樹
一根孤立的柱
沒有夢想的城
從大城堡到蒲種
從尖沙咀到中環
車輛人潮在堵

我們就在街頭晃
洶湧來自激情，激情
來自年輕，我們毆打
打人時不忘熱淚盈眶
團結，尊嚴，使命感，價值觀
兩極是一把傘兩個人用
風雲變色，變相，變臉
漫畫轉型成暴力劇場

我們是回不去了，能回去的
是爛泥河的，太平山下的記憶
日落之前，日落之後
有人擂著單面鼓，對著
洋紫荊，唱一首歌
近聽，聲如裂帛
遠聽如玉米爆破

2019年9月30日

雨夜行

十點西藥行關門休息
你不能不急，風風雨雨
一路走來，皮鞋裡的襪子
襪裡的腳趾盡濕
夜將盡，世界在旋轉
眩暈攜來幻象，走吧走吧
去啊去啊，我就在天地人藥行
等你，我動員半島的所有意象
在大街小巷護衛你的來
我會服下所有的藥
（如果我買得到）
讓我有力量抱起你
有力量，往前奔跑
夸父逐日，黃河渭水
大小指標，都要達到

根據世界日報的今日搶鮮報導，一耆老瘋漢於晚間十時，匆匆走進本市天地人西藥店，購買大量藥物與保健食品，老頭抱著芭比娃於風雨交加的夜色中奔行，遂不知所終。2019年9月30日，下午二時。

又一城：結束營業

兩次駕車經過，霓虹仍亮
內裡關燈熄火，他沒停下
問訊，都市人最忌八卦
招牌仍然輝煌，門前不見
車馬，他往山嵐落日的
方向馳去，雙手顫抖
驚訝一個朝代，隨著
又一城退出舞台而衰亡
金葉重慶拿下戰略據點

2019年9月30日・9:30pm

江湖

人在江湖
得讀點兵書，懂些
武藝，至少懂得用頭盔
面罩，武裝自己

人在江湖
得懂些DLMH的術語
文明的討論
雨傘與棍子永遠的爭議

煙霾過後，這幾天
不停下雨，像憋尿太久
終於一洩如注

2019年10月1日11時

十月一日

十月一日，日子
仍是日出日落

老馬把庭院縛在角落
風雨把滄桑掛在人們的臉靨
閱兵，仰望天空的彩虹飛機

閱讀，有時不是真的閱讀
閱讀，有時是為了選擇性忘記
閱讀，為了拒絕參與其他的遊戲

十月一日，重讀了
司馬遷史記的本紀

2019年10月1日．中午12點

屯門詩

路障處處，垃圾
於人潮散去，散佈街頭
有人用廢棄的
木材點燃一支小小的香煙
意外的引爆一瓶香檳
泡沫翻滾溢出，用雨傘
用紗布，用口罩
擋不住血液在喊救
在喘息

救火車與警車
同時在巨大的商場出現
等著對方讓路

2019年10月10日

青蘋

大風起於青蘋之末
微飂泛起湖中泡沫
山不走過來
我們緩步，向山走去
江河瀑布，湖泊明淨
落葉歸根，落幕離去
動的在運動，靜的在靜宜
大自然好端端的在哪裡
一定有它的道理
現代詩吟誦在兩岸七地
一定有它的美麗

黑膠唱片在盤旋
要不要再來一次？

2019年10月24日晚間八時半

車過美羅

我在美羅找美羅
在美羅河畔想像哪是汨羅
哪一年因為失去你，夢中投江
醒來發覺自己，身在近打河畔
哪是嚴重的感情背叛
哪是嚴重的感冒必須封關

我迅速去洗手間撒一泡尿
快快鑽回被窩再睡覺
讓所有的大小事件重演
讓所有的記憶推陳出新
歷史很難見證，只有草蛇灰線
女孩七十五歲了仍令人驚艷
她的聲音，來自高原的牧鈴

2019年10月27日

八宅風水

在梹邦，品嘗客家釀豆腐苦瓜
曾經想過興國安邦，不成
籌划賣釀豆腐起家，不成
想在Sungai Ara垂釣，不成
坐著看西北兩側的花卉
東西屋宅的近距離交會
燒肉炒麵可以化煞
蔥薑蒜可以去邪
咖啡利尿
枸杞補血

我在天醫延年的八宅
縱論天下，成抑不成？

2020年11月1日

背棄

你蜷縮的坐姿
深思熟慮，老神在在
掩飾不了心虛
拆掉你的假面具
你只是老，神話不再

一九六九年，站在怡保大草場聽你
聽辛尼華沙甘演講，興奮到出汗
二零一九年，你的兒子當了官
你頹唐得，像一堆泥
閉目，搔首，抬不起頭
還沒說話，聽眾星散

2019年11月9日

元朗

這菊花，想做大象
這垃圾，想做牛蒡
二五仔，就係要上
反骨仔，衰過臥底
你哋做乜野向腳開槍？
你哋做乜野自毀自傷？

2019年11月19日

小雪後第三天

回首暮雲，大雪不遠
此去經年，驛站
愈看愈遠愈像女牆
綿延天邊，訊號微弱
終於聽不見，看不見

我在文牘底下附了私信
用小篆寫，你看了
可不許笑，行草是後來
才發現，被發明，那時
流行的字像蚯蚓，燈火
其實是燭火，轉角
遇到行人，都是熟人
飛絮濛濛，青溟人間

2019年11月25日

明天是葭月初一

明天是初一，月芽藏在
黝黑的樹梢，遠處傳來
投票群眾的熱情與嘮叨
天氣預報，午後有短暫陣雨
飯後有水果沒有甜點
勝選開香檳不喝紅酒
民主與自由，並非配套

午後昏沉觀賞電影系列
分不清楚古惑仔與臥底
時間點不對，政治不正確
非左即右，中間沒有行人道
泛民與建制中間的鐵軌震盪
嘎嘎嗚啦嘎嘎
一列港鐵快車疾馳而過

2019年11月25日

村上春樹與卡夫卡

村上春樹把卡夫卡帶到海邊
把他年輕化成十五歲的少年
面對三個可怕的預言
一個失去記憶的女友
一個只剩記憶的朋友

捷克籍波西米亞人卡夫卡
一輩子沒去過海，沒聽過濤聲
面對千篇一律的文牘
蝸居在保險公司的城堡
變成大甲蟲之後，家人
不認識他，討厭他，害怕他
卡夫卡更喜歡關在馬戲團
扮演絕食的頂尖藝術家

卡夫卡讀法律，可辯不過
只會責備、吝於讚美的父親
村上的卡夫卡懂得出走
叛逆，沉默，堅毅
反抗世界的橫逆
他走進森林的深處
面對另一個世界
他不願接受甲蟲的命運：
最終被家人扔的蘋果擲斃

2019年11月26日．改寫

新版刀劍笑

此去福建，無意再攀武夷
自忖茶量尚且不如酒量
他於朱熹紀念館駐足，沉思，發怔
為一片葉子格物致知
窮盡心血，終領會秋盡冬來
漫天飛舞的雪花是血花
即掉首匆匆趕去莆田南少林寺
見一群反清復明的武林好漢的後裔

他是逃出嵩山少林寺大火的
俗家弟子，天涯浪跡
瀟灑是假的，渾噩是真的
放下刀劍，伸手投足
無非花拳繡腿，寫詩之後
豪情壯志，化作紙上雲煙

落葉歸根，哪裡有根？
少林五祖分成三個派系
至善禪師被白眉道人內力震斃
銅皮鐵骨方世玉，二十四歲死去
他活了七十六載，找不到一個子弟
笑談渴飲匈奴血，啊，是冬天的雪

2019年11月28日 · 午後詩成大慟

龍門客棧

我是那個騎騾顛躓而行的
北方商賈，行囊里有乾糧
少許銀兩，還有幾冊線裝書
塵暴刮起，篷帳動搖，狂風
刀子似的刮著我的鬍髭與大地
番子的騎聲擂著大地疾馳而至
我用我的三尺半劍，舞一個劍花
向後翻兩個筋斗，摔跌到
一早就預備好的柔軟床墊
沒有對白，動作姿態
換個飯盒，拿一百塊

2019年12月1日

現代詩：中國篇

公車經過大陸某市鎮
公安局那棟大樓紅字漆著
「警民合作　來去圓滿」
公車U轉，大家都唬住
交通島上有個廣示牌
「方向錯誤　回頭是岸」

中國係文化佛國
乃成定案

2019年12月2日

火燒紅蓮寺

水深三尺，坐在淹水的大廳
觀賞火燒紅蓮寺，水深火熱
大概如此。半島多處
成了澤國，成了水鄉
車輛難行，有家難歸
想當年江南八俠，江湖浪跡
顛簸流離，大概如此。
空氣中有焦味，救災人員
開鍋爆蒜米，菜心炒米粉
經濟不景，那堪天災人禍？

水深三尺，非一日臻至
醞釀多時，煙霾籠罩
顆粒飛佈，體無完膚
有人坐在樹上讀康雍乾
的野史稗官，大概如此。
讀書人一心不亂
看政府如何處理水患
有人在車裡找到拐杖
有人在水裡拾到水罐

2019年12月3日

南北少林

我不知道原來南方的冬天
比北方的冬天寒冷
我把火把、火種、火車、煤炭、熱情
熱血……都往莆田嵩山薊縣送
南方又濕又冷，我在棉被裡換衣
我的武功今天大打折扣
翻了幾個筋斗，居然
仰天摔倒，不斷抹拭玻璃
看到彼此都穿得像熊貓
我們跌倒，沒有受傷
我們哭泣，分離在即

不要等待支援，輕車簡從
快走，武當與清廷媾和
保護弟兄的身家性命
得看這場風雪的速度
看超快鐵快，還是
我發給妳的訊號快

2019年12月4日

阿飛正傳

看著妳的腕錶，只看一分鐘
這是一九六零年四月十六日下午
還有一分鐘就三點了
我們是一分鐘的朋友
張曼玉還愣在那裡

有一種鳥，沒有腳
它會飛，即使睡著
也會搖著翅膀，飛進雲裡霧裡
它們從雲絮裡現身——酷得很
真的很冷，沒有羽絨外套
灰頭灰腦，張國榮說它們
只落地一次，落地就死去

2019年12月5日

青霞仍在

妳的死訊發布離奇
我的悼詩下筆太快
瓊瑤筆下的妳穿著白衣
病骨支離，卻喜歡淋雨
一淋雨就病，一病即中癌
沒人想過，合不合理
一九九二年，妳笑傲江湖
東方不敗，怎會輕易言敗？
新龍門客棧的邱莫言
行動颯爽，目光如劍
搶了不少周淮安的戲

六十五歲妳遠離紅塵
孟冬苦寒，假消息流傳
妳轉身喝酒，懶得生氣

2019年12月6日

巴菲特名言雜錦

世界在暴雨中浮上來，鴨子
以為自己攀升得快
水位在漲，與它無關
如果你不是鴨子是人類
突然發現處身在洞穴
不要亂動，不要再挖洞
不要妄想努力奔跑，沒有路
錯誤的路，亂闖亂竄會摔倒
裸泳很酷，退潮就露屁股
不要和泥鰍交友，這些損友
知所在之處，不知要去之處
記得不要問唱歌的知更：
春在何處，鳥的出現
大雪紛飛，可冬將盡
不可錯過聖誕的溫煦

2019年12月7日

翻譯吉隆坡

幾個團體在吉隆坡聚會
有些開畫展，有些唱歌
有些拿著吉他搖滾
節目豐富，上午一團和氣
下午為了搶喝high tea
灰頭土臉，杯盤狼藉
烤沙爹的油煙嗆人
至於臉上的油光
可能是腎虛的熱濕
這種病應該尋覓
專家策士協助疏理
孔子不諳醫術，可能愈幫愈忙
他自己是苛政下的犧牲品
周遊列國，被困陳蔡
絕糧七日，老人家繼續講誦
弦歌不絕，烈火不熄
老人家繼續追述
巴生河與鵝嘜河交匯
在爛泥河口，成就了
今日吉隆坡的大格局

2019年12月8日

慣犯

他依時起身，依時進食
依時放風，依時回籠
燈熄後，在黑暗的一角
他靜靜飲泣
思念強烈得像
外面那枚未引爆的炸彈

保釋犯把手銬交給獄官
他帶著監獄與獄中的構想
走過銀行街，高等法院
同伴在等他，他們見面
打了一個眼色迅速走進
愈來愈擁擠的人群

2019年12月9日

醫院政治

我在班苔醫院前，汽車急速拐右
躲過了一場災難性的腹部手術
昨晚護士說病歷表，不知去向
我小心翼翼，檢視病人的眼睛
地上有一枚用過的靜脈注射器
病人的血壓時而偏高，時而
走低，像十二月驟強驟弱的
風雨……我選擇用
靜脈注射，消解血裡的尿素
一個穿著藍色制服的護士
示意噤聲，叫我睡回床上
她顯然不知，我是當值醫生

我後來替她打了麻醉劑

2019年12月11日

三閭大夫的記憶

把一粒石頭，輕輕放進眼前的海
感覺到水平上升了少許
很少很少，肉眼無法看到
只有他和他的心感覺到
海水的輕顫，浪花綻開
像欣喜的小孩，邊走邊唱
他把整個自己放進海洋
奇妙的是海水沒有高漲
奇妙的是心跳加速
奇妙的是那些泡泡
。。。。。。。。。

2019年12月13日

華美將萎謝

你們要送花
建議：送給五四它老人家
歲月從不如歌，蹉跎
流浪顛簸，一個世紀
後人不用白活，用emoji
彩色繽紛，表情鬼馬
它們內容是否空洞
無所謂，這世界本來就是
空間空氣空無，空空如也
我們發聲，聽到
回聲，比原來的聲音
輕微些，模糊些，曖昧些
我擔心握花的那一刻
華美傾斜，而我一生追求的
美好，在你眼前，在我身後

瞬間萎謝

2019年12月13日、黑色星期五

絕前十四行

全世界，都睡了
你還在讀詩，看詩，寫詩
看看腕錶，留意時間
你的時間，已經不多
遲睡傷肝，早睡傷心
該流的眼淚，早已流乾
該讀的書，大抵瀏覽
你無需記下所有的資料
因為，沒有，這必要
記得多少，就多少
最好把大部分的，垃圾
忘掉，陪伴你，走下去
不是，高樓大廈
是，樹木，花草

2019年12月15日・凌晨一時

IMAGINE

You may say I'm a dreamer. But I'm not the only one
I hope some day you'll join us. And the world will be as one

——John Lennon

想像：每個華裔老人的夢裡
住著一座舊金山
想像：每個華人搭快鐵
去茶樓吃點心叉燒包
想像：每個人都愛惜自己
火車開動，它咳嗽著
走過四分之三個世紀

想像：每個華裔老人的心裡
都掛著清明上河圖
記掛著汴梁汴河兩岸盛況
各行各業，各行其是
橋樑垛牆都仰面向上
一百七十棵樹都曬著煦陽
八百多人，每個人都忙

2019年12月15日

歷史之旅

隨著一群遊客，匆匆忙忙
走過杜甫草堂，赴新安，轉石壕
來到潼關，見過三吏
翻開三別，反映盛唐動盪
早在安史之亂
開元勵治，怎麼竟成了
天寶淘寶，在華清池
與妃嬪捉迷藏

縱身一躍，抬望眼
巍巍驪山，不遠處
是張學良挾持蔣介石的西安
山海關淪陷，東三省淪亡
中原大戰，日軍屠城的瘋狂
都展售在遷台後，颱風後
舊日武昌街的周夢蝶書攤
其中數冊，不巧流落南洋

2019年12月16日

第四輯

染髮進城

蘭花指累

三尺紅台，可否棲身
蘭花指，指向未知
憔悴忘了彩繪
吳冠中的水鄉，屋頂全黑
彷彿馱負原罪，只有烏鴉
可以威蕤相隨，只有美
可以追逐美，只有愛
不會累，不是相陪
是相隨，不完美
蠟燭流淚成灰
蘭花指累
擱膝
睡

2019年12月18日

染髮入城

我看吉隆坡，七點半
吉隆坡看我，九點半
兩個小時在兜圈，尋找門路

「吾乃大唐李氏宗室……」
兒子在獨中老師囑咐背書
許是累了，背誦的聲音像嘆息
「高祖李淵的叔父李亮乃吾遠祖……」
許是太累，抑揚頓挫呼嚕呼嚕
此次染髮進城，鄭重其事
總得去見識見識三省六部
沓迪長袖衣，配竹筒窄褲
讓長吉少寫點詩，多結交朋友
了解政壇玄秘，了解人情世故

2019年12月19日

遙望齊州九點煙

山東行，長跑的第一站
哪年秋天，裸奔的心情
天氣冷，天氣已經很冷了
風刮起我本來就少的頭髮
所有起飛的風箏都擦身而過
錯過了濰坊，硬擠
上車辛苦下車難的濟南
錯過了在杭州會馬雲
與陳浩源在西湖喝茶，嗑瓜子
想像李賀南下，攜著他的箜篌
用咽聲，用破音，吾共鳴相和
天若有情天亦老
人間正道是滄桑

齊州，九點煙，瞬間秋盡
平湖三十里荷，剎那凋零

2019年12月20日

蘇小小

去了西湖，來不及前去
探訪蘇小小墓，你的腦子
裡的人物換位，法國小仲馬的
馬格麗，茶花女是名女人
故事複雜，情節曲折，相對的
蘇小小軼事，近乎沒有，除了
知道她是錢塘名妓，貌美才高
工詩詞，你甚麼也不知道
什麼不知道，你便什麼都知道

生於憂患，十九歲死於風寒
風為裳，水為佩
生於西泠，葬於西泠
生與死，微笑互躍
千古士人口口相傳

2019年12月21日

吃了湯圓好做官

友人勸他去當官，芝麻綠豆
官小，收入不一定少，關鍵在
懂不懂網絡經濟，物流便捷
要鈔票，不要銀角，可以快遞
他遲疑良久，道出忘年好友
謝靈運，隱而仕，仕而隱
三番四次，落得被有司捉拿
朝廷問斬，比不上陶潛
五仕五隱，不為五斗米折腰
僮僕相隨於桃花源

冬至友人復進言，所謂斂財
乃替百姓儲蓄，功德圓滿
勸誡他做官毋忘學佛
閒來叨念善哉，求心安理得
即使畫龍點睛，也不怕行雷
閃電，一夜之間，雙龍破壁騰空
而去，留下半壁江山，不知如何
打點，塗抹，收拾殘局

總得有人打腫臉充胖子，總得
有人唾面自乾權充勇士，有人
站在台上賣數據，友人估計
當官十八個月，豪宅多一間
大衣多五套，喈迪多十件
嘿嘿嘿，笑談喝飲匈奴血

2019年12月22日

宿莽詠

執子之手，生死契闊
周杰倫唱雨下一整晚
他的輕音飄雪，假音
抖著，顫動著，像氣喘
病發作，裝飾音弄假成真
一詠三嘆，這就超越感傷

詩三百，風雅頌賦比興
情愛，流離，遷徙，祭祀
在左右的夾縫中求生存
被封閉。我信宿命，相信
泛靈論與神祕主義，何況
你我有一人必然先行離去
我化身宿莽，拔其心不死
看著，辭賦在你心裡成長

2019年12月23日

八大山人

他的鳥獸蟲魚，都愛翻白眼
極限的極簡，挺拔誇張
頭部傾斜向天，花朵雖小
卻對天抱怨，壯懷激烈
與水墨寫意的陰柔不協

我是替他送殘羹剩菜的
店小二，懂得一點畫的道理
小姐可否幫個忙買個兩三幅
皇家世孫得吃飯，他是乞丐
是道士，還是和尚，都會餓

2019年12月24日

十分車站

軌道很長，望向遠方
它們愈遠愈趨近，消失前
成為一條模糊的線，焦點
不生不滅：過去現在將來
色彩斑斕的火車來了又去
車站車站車站啊車站
最好甚麼都不要想

月臺上五官難辨的搭客
紙屑，煙頭，紙巾，頭髮
數不完的天燈，橘紅帶黃
總有一些東西被有意無意的
留下，包括被風揚起的思念
包括被雨淋濕的那些日月年

2019年12月25日

看不見的城市

廢置的基礎設施
巨大的土敏土墩
幾個漢子，一個女孩
他們看著高樓大廈發呆
抽著水煙
煙水茫茫
他們用頭盔
大力敲打土地

2019年12月25日

桃花扇

打開紙扇吧，上面模糊的
桃花，用妾身的血繪就
當年楊州城坡，南明淪陷
妾身是簷上飛不起來的燕
相公被囚獄中，可記得
曾經，送妾一把扇
層層摺疊，沉沉在握
裡頭竟沒有一個字

在吉隆坡交通繁忙時段堵車
與其往熙攘處擠，大動干戈
何如聽一段無關痛癢的戲

2019年12月26日

田園主義

中國知識分子嚮往田園
說明了何以田野、田徑、田畦
有那麼多的鞋印

鞋印不能反映，對理想的專注與忠誠
除非鞋子沾有擦傷的血跡與泥濘
同時凸顯了鞋性與鞋的黨性

穿竹筒褲，鷺鷥些，予人能捕魚的印象
一直懷疑天使，但又相信天使的存在
時常彎腰，伸展雙臂，練習飛翔，等待飛翔
八段錦就足夠了，不必滑冰，不必衝浪

考慮放下弟子規，論語也不全對
讀杜維明的英文論著，無礙中華性
弦理論提出吹響法國號，引起周邊的氣流騷動
構成各自的模式。超弦理論視不確定
為真正的宇宙隨機，這有道理

知識，理論，創作，實驗
可能不如在庭院曬一天陽光
為蔬菜澆水，花綻開
就在那一瞬，兩個小童
不約而同，搓眼打呵欠

2019年12月27日

※梵高一生畫過八幅不同的鞋。皮鞋，皮靴，套鞋。變了形的，磨破底兒的，斷了鞋帶兒的，皺皺巴巴的。一言以蔽之：破、舊、爛、走樣。他把它們翻來覆去地正面地畫，側面地畫，平視地畫，俯視地畫。

高更去梵高那裡畫畫，期間見他老畫鞋，甚感好奇，於是就問梵高為什麼。梵高說：「鞋子是我當年在煤礦工人中傳教時就穿著的，一直跟我到現在。」梵高生前潦倒，又為精神病折磨，得年37歲。他留下2,100幅畫作，多數作品完成於他在世的最後兩年。後印象主義的代表人物。

一九七三：台北聽紀弦誦詩

眾人皆知其人愛留鬍髭
格局與另一美髭公邵洵美有異
沒人知道，他懂武藝
兼授五行迷蹤步，上台朗詩
這兒走走，還是上海的路易士
那邊摸摸，已是台北的狼在獨步
節目主持人，嚇得無不手足無措

說時遲那時快，他把煙斗
縮小為拐杖，又把拐杖放大
成煙斗，還丟給聽眾一隻
昏了頭的兔子，他自己卻斯斯然
抽著煙，自右側的小梯級走下
年輕有禮的，瘂弦快步上前扶

2019年12月28日

※當年的現代派「掌門人」紀弦，早年在大陸的筆名是路易士，他對兩岸現代詩的影響深遠。旁為詩人瘂弦。

我見到瘂弦兄，他已出版了唯一的詩集《深淵》。我告訴他，我在馬來西亞吡叻州一個不足一萬人的小鎮美羅聯友書局，買到香港出版的《苦苓林的一夜》（節錄《深淵》），他大感詫異，好像還是驚喜多些，n年前的事了。瘂弦移居加拿大，今年87歲。

李蓮英自況

頤和園長廊，風鈴掛著
不響的風鈴，懸在哪裡
就等時間蹉跎，才三炷香
內務太監已下令拉斃
五名偷懶的小太監

翁同龢在軍機處攔下
袁世凱寫給光緒帝的
變法建議，運氣不在皇帝
哪一邊。榮祿是機會主義者
袁慰庭何嘗不是？百日變法
慘淡收場，康梁亡命東瀛
太后下令，譚嗣同等六人
鈍刀斬首於菜市口

太后每天由奴才陪同步行
九千九百九十九步，自然
眼明手快，自然比別人厲害

2019年12月29日

報販出家

報販和與他等高的晚報一起自拍
他笑著，擺了一個V形手勢
我們聊天，談林連玉的生平
華文教育的奮鬥史
他想參選，他說有街坊支持
我勸他莫要一時衝動
參選可以蕩產傾家
剃光頭是小事，剃光了
三個月頭髮會長回去

他突然對我說他要走開一會兒
要我替他看顧檔口，他疾步從
7－11走回來，拿著剛買的剃刀
微笑對我說：「謝大師點化
我有這決心，這就出家去。」

2019年12月30日

中外褆福：總理

把鳥兒放出去，不要鳥籠經濟
把花草砍掉，缺氧的草坪花園
馬上老了半個世紀
把鳥兒塞進鳥籠，封閉式管理
半個鳥籠由總理衙門管理
剩餘的分給金木水火土五部
五部細分為上中下游產業
吃肉糜的在上游拉撒
吃糙米蔬菜的中游洗衣
下游廠商業者負責過濾

老百姓與狗為伍，他們
負責保護古廟老街，站在交界
風暴來臨搖來晃去，姿態古老
以活體歷史古蹟申報
為非物質文化遺產
游客激情的在拍照

2020年元月1日

讀七等生

樹木花草包括蘆葦向同一方向
偃伏。洪水肆虐。李龍弟面對妻子
面對大水中被困的妓女黑眼珠
雨傘與麵包，所有災黎都缺少
屋子淹沒在水裡
呼救的手，嘶吼的妻
李龍弟無意研究濬疏之道
築堤，挖渠，攻沙，排洪
是水利工程人員的專業
他負責約束長江大河溪流的
感情，允許泛淚，不允許泛濫
即使東北季風增強
也不允許壅塞決堤

2020年1月2日

魯智深：圓寂

抵達杭州，不及卸下
塵埃厚重的僧衣
便聽得錢塘江潮信大作
五台山住在心裡
俺傍著文殊師利
合什靜坐，須臾
影動神止，五行諧振
夜咻了一聲走進內裡

2020年1月3日

十里村白蛇傳

從蕉賴到太子園，僧人拖曳著
竹簍一逕往前走，一個幽微的
聲音在晃：「金風玉露一相逢
便勝卻人間無數。跟著那廝走」
來到十里村市集，他停下
揭開麻布，裡頭有十數條蛇
不分雌雄，不分青紅皂白
和尚漫天要價，就地還錢
蛇吐信分析，路人的敵意
硫磺與氫氧碰撞後的煞氣

越過前面的大姨媽姑爹
孟加拉工人的一把菜擋了擋路
他驀然聽見杭州映橋的呼喚：
小青，撐住，相公，留步……

2020年1月4日

哭牆

流浪了四千年，還是五千年
做一輩子奴隸，還是
另尋出路？

沒有鑰匙，交給他人保管
沒有家，鑰匙成為不必要的
沒有自由，
裝飾，裝飾沒有意義
麵包清水比新年重要

禁止所有慶典，齋戒，前去
哭牆盡情哭泣，一次過發洩
抑制，為了保護族裔活下去

2020年1月5日

賣火柴的男孩

讀過用火柴取暖的女孩故事
男孩坐在牆靠近窗戶的位置
這個冬天冷得讓他心碎
裡頭橘黃的燈光，男孩覺得
他與其他人，一起擁有溫暖
雖然他們在牆內，他在牆外

火柴點燃，碎木紙皮助長
辟辟拍拍，屋內喧嘩呼喊
火光熊熊中他與祖母擁抱

翌晨，行人目睹孩童燒焦的
屍體緊貼大門，都搖頭惋息
好英勇的孩子，可惜啊可惜

2020年1月5日

※宜家（IKEA）家具聯鎖店的老板Feodor Ingvar Kamprad幼年也賣過火柴。我的詩沒有綰青絲般綰接這個人物。

水滸

水滸的藍，天涯追逐天涯
那樣的擴散，水上的蜃影
擱淺的岸，擱淺的城
廢墟的破爛，橫的，豎的旗幟
看不到的一百零八條好漢
他們泛化成龍蛇，浮游於
舯舡左近的大江
他們替天行道，遇上等著
被朝廷收編的及時雨宋江
遇上等著飽餐的游魚千萬

2020年1月7日

三組徘句

早上起床洗臉刷牙
然後去找藥，外勞女佣
大聲說：藥啊你剛吃掉

我說kakak講話嗓門
可以放小，俺句句分曉
「Sorry，喊第五次，昂哥才聽到」

我不好意思的坐在餐桌一角
Kakak走過來嘀咕，她在講什麼？
沒吱聲，我保持主人優雅的微笑

2020年1月8日

第五輯

從這雪到哪雪

Beyond未能超越

傷愁一劍破寒夜
千刃見雪我獨行
如何攻，如何守，扶傷奔走
人生劇場，到處都有刀斧手
終點是三公尺滑板斷崖
沒人想到，出乎意料

（也會怕有一天會跌倒）

一隅之地是舞台，貧無立錐
聽眾的掌聲不代表你被接受
海闊天空為自由。自由的
面積從來都渺小，自由的
體積，從來都不重要

2020年1月9日

萬花落盡

那天我在現場，沒有門票
離開現場，戲已演完
泅泳十里，車子陪我走出雨景
回首一瞥，後面的車輛轉向
也沒打訊號燈，不知原由
我隨著潮流走，不敢回首
萬花看遍，萬花落盡
淋了足足一輩子的雨

時維晚清的某個晚晴
金風凜凜，上海街頭

2020年1月10日

與曹禺不期而遇

我躲在暗處看日出
曹禺在亮處聽雷雨
我們在灰色地帶不期而遇
在風雨如晦中淋濕自己
時代風雲，翻江倒海，泡沫似靄
少年競勝，著筆疾書，山河在望

三十年代，你寫你的劇本，重門深院
七十年代，我搞我的新詩，文字探險

演出，演唱，演說，演藝
離不開動作與戲劇性表現
日出接著是旭陽，突然雷雨交加
在原野，在忽熱忽冷的黃昏
我們看到人間的大礙與大愛

2020年1月11日

※曹禺，湖北人，原名萬家寶。把「萬」上端的「艹」拆掉便是「禺」。他是中國當代最著名的劇作家，譽滿清華，有「中國莎士比亞」的美稱。他的劇作《日出》《雷雨》《原野》《北京人》，長時期是大馬中五、中六考試《中國文學》《華文》的應考讀本。

Roland Barthes

詩集交上去，等著付梓
情緒解套，等待安置
等著否定、肯定，與肯定的
否定，與別人的視若無睹
你不是為他們寫作，你為
天地不仁，銘刻印記
隱藏，隱匿，像蟬聲的
似有若無，每個字都在
掙扎喘息，不能輕易
洩漏作者的喜怒哀樂
人物何時來去，抑且
冬季可否守到春季

零度寫作

2020年1月12日

世界沒有變

凌晨在書房偷雞摸狗
晏起，知道郵差來過，快遞來過
台灣總統選舉，民調符合結果
澳洲大火半個地球被掩著
華文得加三頁爪夷
朝代沒有換，嘴臉換了
穿寬袖長袍布鞋在街上逛
一人兩人三數人坐在長椅
陷入苦思沒抬頭氣色灰黯
站在中間的一人，踩著球
長椅後面林蔭，葉子落了又落
世界沒有什麼變，你看著我
我看著你，生活還得活下去

球「啪」被踢起，呼嘯飛過
意外擊中一個行人的胳膊

2020年1月13日

七十五歲壽宴

花束送到你的七十五歲壽宴
她變成美少女張開手擁抱你的笑靨
她還說根據西方禮儀必須臉貼臉
八桌齊開你沒唱卡啦OK心情很OK
四份之三個世紀過去親友總算齊聚
有人說湊夠十桌會更得體
百歲讌一個世紀夠cool這話有道理

設若多出的兩桌找不到客人
設若多出的菜餚蛋糕沒人搭理

最好的安排是缺席者都變成花卉
以不同的姿態過來展現笑臉
其他八桌的人保持互擁互動
明天不可知劉若英的後來或可記
有後來才有希望人間愛恨始顯現
大家努力挾菜言笑晏晏
在酒樓裡面拍攝合照留念
在酒樓前大家點頭說再見
然後回家去面對慣性失眠

2020年1月14日

偶爾發現

你原來沒看我我偶爾發現
你原來想走左我卻走去右邊
父親辭世你在靈堂發獃我以為妳太悲哀
母親走了你一邊摺紙錢一邊打呵欠
我除了蹓狗下棋寫字唱歌一無可取
髮型後現代竹筒褲有十個補釘的褲袋

你原來沒看我我偶爾發現
同時也發現你的假睫毛與真眼袋

2020年1月15日

尺蠖

收到消息，收到信，天要黑了
遠處的雲，四面八方湧來
只來得及看信封上的名字
一對老夫婦在身傍走過
他們身上沐浴露的氣味
稍稍沖淡天旱蒸騰的熱氣
這是什麼季節，何以沒雨

這是什麼季節，尺蠖前行
速度快，一路丈量地面的崎嶇
一路發出防滑的聲音，你穿著
平底鞋也是為了防滑，你知道
自己不可能摔倒翻身幻化成蝶

這是什麼季節，一群烏鴉飛來
遮住半個天空，空氣中
有小麥的味道，你想像
金黃如旭日的麥田，青色的路
漸漸臨近的雨雲，雨總是要下的
司機的車子，在前路的拐彎處

2020年1月16日

甲型流感

醫生與孩童坐在醫院的石階哭泣
孩子怕打針，畏懼點滴
醫生擔心麻醉劑不足，病歷
離奇失蹤，被指定替病人開刀
穿藍色制服的護士長
將猝然摔倒中風
的醫院院長緊急送往
另一家專科醫療中心

情境複雜詭異不能
翻譯，得三語並用
中西合璧。把可能傳播花粉症的
花園毀掉，把周邊的花草樹木
砍伐掉，把飛沫傳遞感染的病患
關在監牢，解決不了花粉帶來的
傷風感冒。春天吶喊夏天快到
老火車去了，快鐵的列車
轟隆轟隆的帶來疫苗

2020年1月17日

聲樂訓練

大人虎變，君子豹變，小人革面。

幾乎忘了易經革卦
忘了革命不是請客吃飯
在鏡前梳理
不肯定裡面那個人是虎豹
抑或是市井的引車賣漿
不儒不道不釋，三十而立
四十離開前面三個監獄
五十離開四大天王
追隨一無所有的崔健
只剩下一條紅頭巾
第一次，在洗澡間
聽到掏心掏肺的共鳴

2020年1月18日

從這雪去哪雪

從這雪去哪雪
太遠太遠，除了荒野與地平線
除了，無法倒數的三百六十五天
除了，一望無垠從這城到那城的空間
在野外，在白皚皚的天幕底下
蒼黑兀立的只有女牆，一字排開
愈遠愈小，小得幾乎看不見

從這雪去哪雪
大地有記憶，世界有摺痕
屐印出現在走過的路面

從這雪去哪雪
是的，愈遠愈小
終於幻化成紙鳶

2020年元月19日

從半島到島

為來訪的朋友，沏壺好茶
從茶葉聊到兩地的文化，喜歡
用雙語，慣用方言羼進普通話
看過杜鵑花，用盆栽供養
我們喜歡它紅得喜氣，就忘記
杜鵑啼血後面的故事
兄弟同心，鶼鰈情深，子民眷戀
都有泣血的理由，杜宇是名字
子規是你回來，布穀是在叮囑
農夫勿忘農時，勿荒廢工作

仔細沏茶，緩緩喝下
朋友抬頭端詳閣樓，微塵掉下
老樓房有七十載了吧
我悚然起立，朋友指著盞底
大小不一的污垢，一陣風吹過
周遭出奇安靜，隔壁的寄宿生
在網絡游弋，趕做學期功課
準備到外國去，鐵馬金戈

把茶倒掉，我奉上另一茶盞
一柱香還沒到的工夫，朋友已
三杯下肚。他拍著我的肩膀說
君子不立危牆，漱口就得走
駑馬戀棧豆，舊瓶裝新酒
管他是潮汕式、閩式、粵式炒粿條
蛤蛋芽菜炒粿條像乾撈就是欠火候

2020年1月20日

大寒

雨中追一輛拒載的德士
淹水的街頭棄我如敝屐

重返恬靜農村，面對
五谷莊稼，靜數顆粒佛珠

人生爽颯莫過於穿一件汗衫
笑對季冬，人生灑脫莫過於
打一套少林六合通背拳熱身
嗖聲打開紙扇慢筆擬趙兆顛
兔起鶻落狂草直追顛張狂素

2020年1月21日

張大千

史前洪水在體內泛濫
凌晨五時。我必須去盥洗室
解決。晨光熹微，半暗半明
幼獅文藝左右頁並列
刊出石濤米芾巨然等名家真跡
對應我多年來的摹帖。晨光熹微
甘肅敦煌成為夢的驛站
我在半島、島與大陸之間
流浪，尋找夢的下一站
專心畬站著，我看到陽光
從側影我知道他來自北方

2020年1月23日

Postscript

信成，文字表達力有未逮
經常信心爆棚，經常炫討人厭
吾及冠特立獨行，從銀城戲院到日本花園
聽眾觀眾游客行人十分無情
離開美羅三十年，銀城淪陷
離開怡保二十年，花園消失於無形

可銀城矗在心裡，像城堡不倒
雖然在萬花迎春歌唱比賽潰敗
提早滄桑的歸來吧排次在三甲之外
含淚走進聽眾退出演唱的舞台

至於花園，它從來不曾消失，它在人間，在空間
在黑白照片大放異采，在黑白電視看Bintang RTM
現在我什麼都有，也什麼都沒有，只剩下詩的花朵開了又開

2020年1月24日

庚子新年

農曆新年的食肆，從一張桌子
到一張桌子，眾人面目模糊
數不清的椅子，不斷增多的椅子
震天價響的佳節祝福語
毫無例外的套路，一閃而過的靈機
椅子喘息小孩哭鬧一閃而過的繆思

經過裱畫店，一隻鳥從山水畫
飛出，店東潑了一街喧嘩的墨

2020年1月25日

編目學

兩朵雲在竊竊細語
不必下雨也有詩意
盛唐天空底下，李白與杜甫
於河南陳留，天涯相遇

二人深論馬術，狩獵，涉及
一千兩百五十年後的現代詩
安史之亂發生前的風流浪漫
安史戰亂後的苦澀艱難
新冠肺炎是世界規模的流浪
東征西討終於在文獻資料找到
這一系列有關疫情的詩篇
乃意象連環意外碰撞
後設認知，並非解決方案

二零二零宏願，從年載追溯
是一九九一年開始的口頭禪
穆迪評估機構下調香港的級別
看好大馬的經濟發展前景
雙語李杜詩選有望鼠年出版

2020年1月26日

濕冷天氣

初二開始三天的濕冷天氣
喜歡濕冷，衣櫥內皺褶的外套
可以堂而皇之的掛在身上
可以合乎情理的告訴你
我失控的不斷絞扭手指
超乎想像地特別想你

計劃在這三天做些事
這些日子排隊購買口罩
被海關人員檢測，一路受阻
思念使血壓升高，影響體溫
我甚麼地方也不能去
除了讀書，寫詩與喃喃自語

濕冷的天氣，討論家國大事
不宜，太冷過於客觀嚴苛
太熱沖昏了頭容易爆粗口
濕冷的天氣，躲被窩是享受
躲在被窩裡哭泣是自由
走出被窩微笑掩飾憂鬱
與人無尤，疚由自取

2020年1月27日

台灣校園民謠

「談起校園民謠，總會講述李雙澤為了救人而溺水的一九七七年。李二十八歲辭世。」

令人心碎的鄉土文學論戰肇始
可口可樂事件與它的連鎖效應
夢中迭地驚醒的一支吉他
聽到自己彈奏的全是西方
全然沒有民族特色與個性
一堆不咬弦的和弦
咬傷左手四個指頭
見血了鋼弦還吃進肉裡
要見到血淚嗚咽才甘心
音樂，流淌的液體
把人浮起，然後溺斃

2020年1月28日

陳徽崇 Persona

我走了，此去經年，暮靄重重
看不到前路，留下合唱團
繼續演唱。第一小提琴手
守住初心，音響瞬間爆發
她得帶路。我走了，跟著月光
走向幽冥，哪兒有森林，哪兒
有蛙聲鳥叫蟲鳴，敲擊組應該
多加把勁，鋼琴琤琮，雨滴
是我流淚的聲音。我走了
送我的男女生混聲四重唱
我躡步返回，輕輕糾正笛手
拿笛的姿態，演奏的時候
我永遠都在

2020年1月29日

一葉障目

不知這葉子，為何掉落
掉落在當我正欲趨前的哪一刻
是時機還是機遇，我看到一片
陽光在別人的露台走過
看到左邊的風與右邊的風
竊竊細語，看到盆栽的萬年青
把身體探出去……

兩豆塞耳，仍聞雷霆
障目的葉，砰然墮地

2020年1月30日

武漢

守衛森嚴，制服人員認識我，我不認識他們
危城內的醫生，游客與逃犯，相同的境遇
瘟疫沒有階段之分，貧富之別，沒有種族、宗教歧視
走廊上三具屍首，七個多小時了，開始發臭
我不能換下這襲又厚又重又骯髒的醫療防護衣
並非不要換，這可是最後的、僅有的防護裝備
很多人，在遠方為我們加油打氣，太遠太遠，我們沒能聽見
我正在對著病人莞薾一笑，透過厚重的面罩，病人沒能看見

2020年1月31日

南洋大學

在南洋理工大學的甬道
聊著歷史，一列盆栽帶著我們
走進，前南洋大學的五臟六腑

五百二十英畝的大學校園
搖曳生姿的相思樹
一夜之間被砍伐殆盡

二十五年校史與一萬兩千名學子
集體記憶怎可能是廢墟

殖民統治，英文至上主義
華文教育出來的是左傾份子
新舊政府都不允許

把大學生命實體煎熬成「南洋精神」
自我激勵的話，濃縮成一句

義唱、義賣、義演、義剪，……
三輪車夫，德士司機捐出
他們一天的所得所需

雲南園，知識份子深邃的堂廡
行政大樓成了世界文化遺產
供後人游客瞻仰唏嘘

在甬道的盡頭
站著若有所思的陳六使

2020年2月1日

豹虎

我們終於在這個火柴盒裡
各據一角，葉片的掩映
我看到你，你應該也看到我
我們保持安全的距離

誰安置你我在這陰暗角落？
誰安排你我必須決鬥？
為了什麼？我不知道
何以如此？你不知道
我們究竟是誰，其實不重要

我們有豹的敏捷，虎的雄猛
豹虎合二為一，決鬥之後
只要沒有被吞噬
即使斷手斷腳
你我仍是火柴盒工作室的
話事人，撐著葉片……築巢

2020年2月2日

李商隱的隱喻

為了手機的大小字體與App衍生的行書狂草而煩惱
一怒之下，毫不猶豫的剃光三千煩惱絲

絲絲入扣的描繪得仰賴文字的敷陳
剃光頭，沒有髮絲掩護，愈法油膩
白話沒有文言簡潔濃縮，味如嚼蠟
一刀切的草率、魯莽可以帶來災害
補救的方法是走向原始的結繩紀事

把情緒與訊息藏在晚冬的冰雪風暴裡
解繩無須繫繩人
可必須是個心有千千結的人

至於訊息與情緒，就點燃李商隱
用晚唐用過的蠟炬，稍稍薰一薰
縈迴繚繞的煙霧
手機不了解，AI似解非解
落髮前後，千縮百結的愛情話語

2020年2月3日

榕樹

坐在公園的長板凳，這兒的
長椅，經常坐著老年夫婦
他們也許走累了，也許
厭倦看同樣的景物
選擇坐下來歇息或短寐

陽光紛飛，上午八時的陽光
長了翅膀，輕鬆飛翔，微颸
吹拂老年夫婦花白的頭髮
寂寞的大平靜，他們的背影
專注於往事的沉緬與懷念
老人偶爾移動，看到
他們微微臃腫的側面
長椅後的榕樹氣根
緩緩從樹頂攀下

2020年2月4日

馬齒莧

尋找淨土，那來的淨土？
天上人間沒有，夢裏曾見
它散發光暈，人影參差錯落
不認識的人，似曾相識的燕
認識的人，熟悉的笑靨
無比陌生的五官與臉
淨土
茅廁周邊三到四公尺
勃勃冒出的是馬齒莧

2020年2月5日

離開紅磡

倒數的最後一排，他坐著
前面的年輕人，一排接一排
地平線是平台也是舞台
過去他也坐在前面，看風雨陽光
看人生百態，看入場，看散場
看紅磡體育館的地磚

台上搖滾放浪，他隨眾搖旗吶喊
拉緊歡迎的布條，揮動螢光燈管
現在的他，不了，他喜歡靜靜的
坐著，聆聽內心的聲音不動聲息
低頭瞌睡，像一株熟透了的稻穗

2020年2月6日

風雪山神廟

外面的風雪聲，呼叫慘嚎
熟悉的嗓音，帶著殺機的
沙嗄，在北風中不斷打轉
高衙內陸謙剛剛燒了草場
機場播出航班取消的最新消息
魯智深那一身打扮，不能過海關
黑旋風李逵可以過，一路砍著過

八十萬禁軍教頭能做的是
嚴禁出入，封城事在必行
高俅不能留，縱容兒子散播
病毒，買下全城的口罩
並且密令隨從見人就打噴嚏
廟前商議，殺俺豹子頭林沖
毀俺家庭，毀俺前程
勞師動眾傷害整個城市
這種人，人人得而誅之

2020年2月7日

第六輯

靜觀雪崩

個人病歷

懷念台灣，症狀屬於三無：
無以名狀，無以復加，無中生有
一九七三年赴台，十五天的盤桓
三年寤寐輾轉的返祖想像
五年的文化代入身體力行
出版《黃皮膚的月亮》
評論集《精緻的鼎》六百處錯誤
疵漏無數，進入健力士世界名榜

高信疆走了，洛夫瘂弦赴美加
台灣，賸下溫柔敦厚的李瑞騰
謙遜睿敏的詹宏志，新批評健將
顏元叔不辭而別，我與夏志清
劉紹銘，魚雁往返，一張薄箋
此後，北雁南飛自展翅
四十載過去……夢裡咸陽
電視劇長安，WAZE找不到
布城吉隆坡，沒有這些地方

2020年2月8日

七顆石

老人游諸四衢，睡過橋底
他即興彈奏吉打，哼哼哈哈
調侃他人調侃自己，他的歌詞
士大夫聽了臉色發白
冬烘先生聽了不斷打噴嚏

他走出藏經閣進入紀伊國
處境而不住境，來回皆佛境
哪裡，哪裡去尋找還魂草
四更天在孟婆的奈河橋邊
蘆葦搖曳，他跨出去

沒有人知道老人的體內
埋伏著七顆石
七宗原罪可以組成騎隊
他在街頭表演，口吐七彩的泡泡
眾人驚呼：
那是舍利，那是舍利！

2020年2月9日

國民公敵

二零二零年，立春，在廣州
七八個人追打一名湖北漢子
他在食肆不慎流露鄉音
他被打倒，被踹踢
被喝令，臉朝柏油路面
不准抬頭
不准望人
不准講話

拉扯之間
他被帶到一九六六年
黑鴉鴉的群眾，不必審訊
即以國民公敵的罪名
馱著枷跪了漫長十年

2020年2月10日

保安人員與鼠輩

對面是銀行，庚子年伊始
食肆休息，只有老鼠不歇息
他在銀行對面的嘛嘛茶檔
看錶，對照時間
賊頭賊腦，在盤算推敲

（俺是保安人員，觀其行
大概知道他想幹啥）

早上沒機會，守衛森嚴
俟到傍晚申酉之交，鼠輩
兩次進出銀行，把一大疊現款
塞到收銀機自己的賬號裡
那天立春，吉時申酉
利正財，利橫財
兔崽子，好大的胃口！

2020年2月11日

靜觀雪崩

是的，那是孤獨的雪，是死掉的雨，是雨的精靈

——魯迅

坐在螢幕前，觀看雪崩直播
半島的日夜溫差小，空汙嚴重
目睹，一座雪橋如何迅速崩塌
先是冰雹，隨之雪壁成塊
跌落，海面迅即激起水花
鏡頭搖晃，海水飆升，下方留言
有人歡呼有人愁，全球暖化
房間好似桑拿，還冰於水
流了一身臭汗

2020年2月12日

愛在流感蔓延時

讀《愛在瘟疫蔓延時》
疫情嚴重，他在上海
坐快鐵直奔武漢
隔天即封城，他一頭撞進
馬奎斯的小說裡

他的愛人在城市的某個角落
發燒，嘔吐，流涕，腹瀉
什麼都沒發生，或已經發生
細菌感染，病毒侵襲
他奔跑尋索，絕不放棄
愛情是對死亡的抗議

天陰潮濕，攝氏三度
民房店鋪於冷風中哆嗦
他從一條街走去另一條街
隱約的狗吠，遠遠近近
透著熟悉的幾聲女人的嗆咳
他轉入陰暗的巷弄
一個身體向他顛撲而至
人未到，痰的飛沫先到

分開之後五十年，他們見面
在重症監護室，相對無言
互相瞪視，臉部朝向對方
在焚屍場，他們保持
姿態不變

翌日，醫療團隊發出公告
宣佈找到疫苗

2020年2月12日

繡春刀

掀簾，簾向另一邊打開
風跟著進來，一把長刀
劃過，額前的髮
輕墜，酗咖啡而大醉，違反
常情常理常規，門砰然關閉
蝙蝠一屋子飛，溽暑的
下午，喝了兩粒椰青，倒立
趨前，鯉魚打挺，閃入眼簾
緋青綠，三色繽紛絢麗
是文禽武獸的明朝吏制

「來人可任錦衣衛
先見過東廠提督
職責除保護皇上
尚有其他安排……」

2020年2月13日

庚子拳亂

紫禁城內，一路都是石板
雪花與梅花齊放，冰雹來襲
一群瘋子在擲石
篤篤咣咣－篤篤咣咣
聲音像義和團好漢演藝的
敲鑼打梆，他們
救國，卻在誤國
他們沒造反
北京的人口
卻少了幾十萬

2020年2月14日

情人節座右銘

看到兩個戴著面罩的人親吻
不可嘲諷，不要竊笑
看到兩個攬肩的男人親暱
不可貿然打岔，干預

「如果流感病毒，一定會侵襲我們其中一人，你會選擇那個人是你抑或是我？」

「如果我不幸中流感死亡，你會為我單身一輩子嗎？」

有人提出假設性的問題
那是語言的坑，無論如何回答
都是不折不扣的謊言
記得：保持緘默

2020年2月14日

紙箱

他把車子泊在西藥行前
售貨員把空的紙箱
一個、兩個、三個
丟棄在走廊，收破爛的婦人
從街角轉來，詩比她快
它在手機裡蠢動
迅速展翅飛翔

紙箱婦人收去再循環
紙箱變成會飛的意象

2020年2月16日

臥佛

臥佛撐著頭側睡
看蚊蚋飛翔
看六識生長，養成
那些刀一般利的貪嗔癡
削光頭額的青絲
父母，童年，玩伴
歡笑，苦惱，追求
傾斜緬懷，快樂自在
陽光普照，灑成金身

2020年2月17日

念念不忘

起來的第一念是火車
覺得應該用散文處理
面對迤邐而行的物體
詩不知該躲避，還是乾脆
衝過去，迎上去

第二念是：我在哪裡
是的，我在床上，沒有方向
我在吉隆坡，吉隆坡是什麼地方

第三念是我應該先喝水
還是先去洗手間？內在衝突明顯
我的選擇是先看手機留言
沒有第四念，念念相續
我在陽光下快步走著
走在街衢的前面，中間，後面

2020年2月18日

蝗蟲有自己的理想

蝗軍啃掉肯亞的莊稼，密議
進攻還是撤離，它們像人類
需要開會，商討步驟與程序
激進的先頭部隊，四百億蝗
拒絕戴迷你口罩，闖印度北部
他們無懼冠狀流感，追求理想

這精神感染了大伙，它們決定
高歌前進，其餘三千六百億蝗軍
以每小時十五公里的速度
越紅海，掠過沙特阿拉伯
挑戰巴基斯坦的塔爾沙漠
喜馬拉雅山，進入新疆
返回西藏，順道拜訪
闊別經年的南洋

南洋的抗疫性很強，歷史賜予
印尼、新加坡、馬來亞半島
被皇軍侵略佔領的殖民經驗
三年八個月的殘羹冷飯
顛沛流離，朝不保夕
家裡最缺乏的是隔宿食糧

仿李乾耀老師書法，正在練著
「皇」與衍生的「蝗」二字
撇捺如入無人之城無米之鄉
一恍神竟然跌入幻想
所述蝗災全屬虛構

如有雷同，尚請原諒
凡所有相，皆是虛妄

2020年2月19日

哀曹植

讀洛神賦，咖啡廳的伯爵茶
褐紅，滋味難辨，苦澀似魏晉
把茶遞來，轉身而去的女侍應
是宓妃還是甄妃的身影？
我是旱鴨子，落水必溺死
子建何幸，洛水見到的是
神仙，子建何其不幸
戀上皇兄最愛的妃嬪

2020年2月20日

紀伊國屋書店

購物中心人潮如常
高談闊論者少若有所思者多
不要問為什麼，你知道的
夠了……

你在書局移動，從一個
架設去到另一個假設
金庸小說從大書變小書
詩集被塑膠袋緊裹，找不到
二月河，他的康雍乾系列
都住在手機的閣樓
你把YouTube的情節告訴我
我把書的內容倒讀向你轉述
我們一起回到碎片的童年

2020年2月21日

李師師

十五歲回眸，趙佶的瘦金體
瞬間綠肥紅瘦
奴家那裡知道那男人是皇帝

汴京是奴家的家嗎
為何出現蔡京高俅這些混球
北宋凋零，遼金哪解溫柔
周邦彥詞風婉約細緻
羈旅、詠物、閨情皆宜
詠嘆，音律之工不亞於陳徽崇
何如江湖人物燕青，舉手投足
可以下雨、飄雪、凌波、飛渡
水滸沉淪，我也就沒話說了

2020年2月22日

※瘦金書亦稱瘦金體、鶴體，楷書的一種，由宋徽宗趙佶（1082年—1135年）所創。

留辮不留人

喜歡黑白照片，手機下載了
清末民初的歷史紀錄片
那時的人都很瘦
他們勞作，不斷勞作
衣不蔽體，表情木訥

留著辮子的頭晃來晃去
辮子留，頭不可留
慈禧斷喝一聲
譚嗣同，押出去！

2020年2月23日

康熙與西學

天濛濛亮，我與圖里琛
走過御花園的亭閣台榭
腳步莊重拘謹，我們
在宮廷搞現代主義
太監碎步疾走，像企鵝
不可能進步。萬有引力定律
得傳開去。我的長短句
晃啷晃啷……音符一粒粒掉落
掉在石板地，地心吸力
對，這比蘋果掉在牛頓頭上
更能引人遐思愜意

我們矯裝轎夫，抬著華妃
於三更時分鑼梆敲響進入
紫禁城的內宮，赫然發現
養心殿坐著康熙，正在翻閱西方書籍：
科學、醫學、天文、物理、幾何、數學、氣象學、軍火武器
噢，他拿著的望遠鏡，正轉過來，朝我們這邊觀望
圖里琛，快走！

2020年2月24日

※圖里琛是康熙最信任的大內侍衛領班，三品官。雍正繼位之後，他仍任御前侍衛總管，並代表清廷與俄國談判，解決領土主權爭議。一介武夫能文能武，還懂俄語，如此「現代」，我當然要與他合伙。

康熙八年造的天文望遠鏡，歷時四年，在康熙十二年完成。

宦海

把帽子戴反
嗓子沙啞的王杰
走在大陸街頭，帽子
反戴，有點像中年發福的
萬梓良

把口罩戴反
重災區某市長，忙中有錯
把9講成6，把7當1
沒想過捨己為人
嘴巴對著口罩的蔚藍
宦海浩瀚，但求不會翻船

2020年2月25日

奉皇帝口諭

朕批閱奏摺，時而養心殿
時而乾清宮，流感再凶
病毒細菌找不到朕的影蹤
朕是你們頭上的朗朗乾坤

在位二十二年，在野十五年
即使東北季風吹襲，洪水泛濫
朕穩坐龍椅，你們，哼
只能困守一隅，即使
你們簽了SD，朕也知道
整伙人打的是什麼主意
朕的江山，朕即江山，沒有
皇子繼承大統的問題

朕有一大堆孝子與不肖子
千秋萬世，耄耋之年破局
破壞，法制何如一人專制
橫跨大漢山，爽，朕是
九死不悔，曠古爍今，中外第一帝

2020年2月26日

詩人聯盟誕生

決定組織詩人聯盟
喝著茶吃蝶豆花蛋糕
時間點，抓對了
落地窗外，天空的雲朵
因為無聊寂寞走在一起
我們討論蛋糕的制作
顏色從藍到紫，從材料到
內容，大家的心情心得

決定讓詩人聯盟的成員
競逐所有國州議席

2020年2月27日

級長威權論

我拒絕當級長
除非老師把一半的教室圈定為我的屬地
授權我可任意挪用同學袋裡的零用
批准我在教室裡頤指氣使，跋扈無比
允許我站在桌上指手劃腳，指天篤地

我拒絕當級長
除非老師安排三份之一的教室與我五口通商
授權我攜帶各種零食飲料在此售賣，仿似小半爿食堂
批准我進出教員休息室表演單腳喝奶絕技
允許我與玩具貓機器人真的狗狗玩追逐游戲

我拒絕當級長
除非老師負責我每天的交通接送
授權我打亂鐘，讓眾同學狼奔豕突
拿著公事包的校長，指揮交通的董事長
捂著耳朵怕雷響的女生，拿著掃把的校工
全誤以為是火警衝進大雨滂沱中

我喜歡想像自己當級長像當亂世的總統，不，梟雄

2020年2月28日

會議恰恰恰

召開特別會議勿忘留一些空間
我們曾經走在你前面，那時的
空位多，那來那麼多民怨
為了國家你付出太多
寶貴的跳舞時間，恰恰恰
為了社稷你晝伏夜行
為了多了解民情，恰恰恰
我們三人坐在你的身邊
不存在的存在，歷史打臉
你的臉皮厚，無關痛癢
好，我們不跳恰恰
換成臉貼臉的探戈
再換成妖嬈多姿的倫巴
你步履蹣跚，跟得上嗎

2020年2月29日

方向看風向

這浮誇的時代，最適合從政
最適合放風箏，不外乎拉拉扯扯
隨風搖曳，方向看風向，無需被
鎖定，如果不巧遇到驟雨
大不了跌到別人的屋頂
這險惡的時代，不外乎陳倉暗渡
爾虞我詐，臥底安插對手身邊
不外乎聲東擊西，言不及義
這個背叛的時代，最宜見機行事
有時做蘇秦有時張儀
游走於跋扈的諸侯之間

這是嗓門大的時代
出一言而天下景從
放個屁而江山轟動

2020年3月1日

三月四日：六行

傷感是微微的，像一首唸了一半
突然中斷的抒情詩，陽光明媚
的午後，驟然下降的氣溫
奮起的樹，面對霜降
一艘船把自己的頭
擱在遽而退潮的沙灘

2020年3月4日。中午

清晨悼楊牧

我們吃飯，像平日一樣聊天
為不曾見過面的一個人
妳的淚，一顆顆，掉落碟沿
我趕緊用手帕去接，像微雨
無聲而持續，依稀聽見
在上面，更遙遠，喇嘛再世
像小令，抑揚頓挫輕盈趨近
遽而於我們跟前止步。

妳掩袖
我捂臉

2020年3月14日，1:15am

下載

逆境中我們不要問什麼時候
結束時我們不要問怎樣
開始後忘了密碼
身份瞬間隱去

全部車輛都馳向自己的
表格都下載到字紙簍裡

2020年3月20日。1:58am

後記

詩集《傾斜》、《教授等雨停》在二零一八年先後出版，敏感的讀者覺得我用《傾斜》為書名，大多不解。過去我正襟危坐寫詩，二十多歲完成二萬字長的論述〈詩的音樂性及其局限〉，用音色、對仗、對比、明暗喻、押韻、行內韻，甚至一首詩換兩、三個韻寫詩。

2014年，天狼星詩社在熄火停工25年後，正式申請社團註冊。那年我剛好七十歲，瞭解要用傾斜的角度看這世界，或許會看到一些真相。要用曲喻，要用「扭計曲喻」（torturous metonymy）才能融情入景，才能借力使力。要像某些博士教授那樣一邊問「馬來西亞華人還需要馬華文學嗎？」，另一方面在大學的中文系裡增設「馬華文學研究」那一類課程，讓學生撰寫碩博。其邏輯，令人笑到落下頦。

我知道文學與美學的分寸。以物喻人，中中之資的詩人都會寫，以人喻物，那就比較有挑戰性。以物喻物則更有趣。我不相信六道輪迴，我相信兩重世界，相信「合久必分，分久必合」，我深刻體會潛龍在淵、亢龍有悔。對我而言，生活的趣味在於驚喜，生命的趣味在於「似曾相識」（deja vu）在於「偶然發現」（serendipity），在於「頓悟式顯現」（epiphany），甚至在於一剎那的「入神」（entranced）或「恍神」（space out）。

好的詩幾乎一定是用到「陌生的漢語」。作者用陌生的白話，表達一種——也只有用陌生的白話——始可言傳的氣氛或意境。所有佳作，都是詩人逼近語文的臨界、萬丈懸崖的語言深壑，突然剎掣、轉軚、甚至騰躍而起的高難度技藝表現。

這部詩集《衣冠南渡》，是我的《傾斜》《教授等雨停》的自然發展。在一條過道上，恰逢下雨，兩人在過道相遇，無論教授還是學生，都得側身相避。這是人生經常遇到的情景。學生身分比較低，可能會讓自己淋濕讓教授先過；事實上，有教養的教授往往不慌不忙地向裡面挪，讓學生避開風雨。這是一個「含糊近乎模擬兩可」（ambivalent）的處境（situation），我覺得這些遭遇——應該說是「邂逅」——本身就是詩，行動中的詩（poetry in action）。

《衣冠南渡》的170首詩，完成得戲劇化。我於2019年11月中旬發願每日一詩，寫夠一百首才停止。2020年3月1日，我的100首寫成。我在audition錄音室用六弦琴自彈自唱自己的詩〈一九八四年註腳〉。那天在酒樓撐飽了肚子去錄音，效果有點滯，聲音帶點胃氣。

可我的情緒很好，歌與詩詞分家是蘇東坡的事。他用作品不協律仍是佳篇作證。我的詩，包括〈格律〉〈一場雪在我心裡下著〉〈眾生的神〉〈流放是一種傷〉……都可以唱，旋律稱得上動人、意境幽遠的作品。

我們的前面不僅有冠狀病毒，我覺得還存在著變的機會，變的先機。一百年前（1918-1920）西班牙發生大流感（influenza pandemic），五億人確診。這之後是世界主權的轉移，現代化進程強勢啟動。百年之後的今天，全球近400萬人死於冠狀肺炎，這個世界的許多政治人文及其他體制（包括家庭制度、學校教育），都必然面對重大改革，那就是我提的「再現代化」（modernism re-modernized）。

李澤厚、劉再復的《告別革命》提到一項觀察：「文明的進步很難，文明的消失卻很容易。」我不便在這兒預測什麼。改革必然面對陣痛，再現代化必將面對冬烘、道學先生有意無意的阻擋。由於再現代是高端文明的追尋，我、我的詩與我的戰友，都有信心走下去。劉正偉、高塔、陸之駿為我寫的序，讓我知道自己當下的位置，對詩的責任。謝謝他們的不吝賜序，對我的詩創作，進行近乎全方位的評議。也謝謝之駿兄的厚誼隆情，贊助出版這本實驗意圖強、可能引起爭議的詩集。

2021年7月16日重修

語言文學類　PG2616　秀詩人87

衣冠南渡
——溫任平詩集

作　　者／溫任平
責任編輯／洪聖翔
圖文排版／黃莉珊
封面設計／劉肇昇

發 行 人／宋政坤
法律顧問／毛國樑　律師
出版發行／秀威資訊科技股份有限公司
114台北市內湖區瑞光路76巷65號1樓
電話：+886-2-2796-3638　傳真：+886-2-2796-1377
http://www.showwe.com.tw
劃撥帳號／19563868　戶名：秀威資訊科技股份有限公司
讀者服務信箱：service@showwe.com.tw
展售門市／國家書店（松江門市）
104台北市中山區松江路209號1樓
電話：+886-2-2518-0207　傳真：+886-2-2518-0778
網路訂購／秀威網路書店：https://store.showwe.tw
國家網路書店：https://www.govbooks.com.tw

2021年8月　BOD一版
定價：300元

讀者回函卡

國家圖書館出版品預行編目

衣冠南渡 : 溫任平詩集 / 溫任平著. -- 一版. -- 臺北市 : 秀威資訊科技股份有限公司, 2021.08
面 ; 公分. -- (文學小說類 ; PG2616)
(秀詩人 ; 87)
BOD版
ISBN 978-986-326-955-7(平裝)

851 110011799